太阳云与邻发火车

孜格  著

南方出版社

图书在版编目（CIP）数据

太阳云与绿皮火车 / 孜格著 . -- 海口：南方出版
社, 2024.2
ISBN 978-7-5501-8910-2

Ⅰ . ①太… Ⅱ . ①孜… Ⅲ . ①诗集－中国－当代
Ⅳ . ①I227

中国国家版本馆 CIP 数据核字 (2024) 第 048312 号

# 太阳云与绿皮火车
TAIYANGYUN YU LVPI HUOCHE

孜 格 著

**责任编辑：**林　霞
**出版发行：**南方出版社
**邮政编码：**570208
**社　　址：**海南省海口市和平大道 70 号
**电　　话：**（0898）66160822
**传　　真：**（0898）66160830
**印　　刷：**三河市华东印刷有限公司
**开　　本：**880mm×1230mm　1/32
**印　　张：**7
**字　　数：**176 千字
**版　　次：**2024 年 2 月第 1 版
**印　　次：**2024 年 3 月第 1 次印刷
**书　　号：**ISBN 978-7-5501-8910-2
**定　　价：**69.00 元

# 可以不做诗人，但不能不拥有诗意

## ——序孜格诗集《太阳云与绿皮火车》

梁平

孜格，一个有意思的笔名，早年大学校园的卫星湖就留下了他青葱的分行。我和他是校友，只是我们的年龄相差很大，在卫星湖遗憾地前后错过。很多年以后，在一次校友的聚会上，确认了这个脸上几乎没有年龄印记的小师弟。一堆与他同年级甚至同班的同学们，多少都有了岁月的沧桑，而他安静、温和、节制的言谈举止，恍若刚离开校园不久，上天对他的偏爱为他挽留了青春的容颜。其时，他已经在一个地方党政部门有过多个供职，尤其在过于严谨的组织部常务了多年。我原以为，从学校出来以后他的职业生涯节奏应该不会有太多的诗意，应该和很多人一样，与诗歌渐行渐远。然而错了，当我拿到他的诗稿《太阳云与绿皮火车》，看到他每一首诗留下的写作时间，才知道诗歌在他内心有多么强大的力量。他一直恪守对诗歌的虔诚，一直精心呵护生命里绵延的诗意，诗歌成为他人生的另一份档案。

与其他人写诗不一样的是，孜格写诗这么多年并不在乎发表，而是在记录自己对人、对事、对人生的思考和对世界认知的心路历程。这样的记录显然比年复一年的年度总结，或者日渐丰满的个人履历更有时间的认可和留存的价值。所以孜格写诗就少了很多功利，他的诗歌能够让我们看见活生生的人，以及与之必然发生关系的生活的林林总总。"当脸上不再有无邪的笑容／在孤灯野火中踽踽前行的我／正追寻无边的星云"（《三十而立》），这是诗人生命的前行，心里只有前进的方向和目标，没有边界。

我们为什么要写诗，或者说为什么与生俱来，无论你在何方，无论你从事何种职业，都希望自己能够拥有一份诗意，在

1

孜格这里我似乎找到了答案。孔子曾经说："诗三百，一言以蔽之，曰：'思无邪。'"也就是说：我们心中的所愿、所想、所感，并不是适合任何方式的表达，而只有诗歌可以示人天真磊落。古往今来凡是能被成为"诗"的，无不是心灵与心灵的碰撞，生命与生命之间的交流，这是一种高贵、智慧的精神指引。诗歌不是人类生存所必需，但我们生活在这个世界上，追求的不仅仅是肉体的温饱，还需要精神的寄托、心灵的安顿，而诗正是人类精神寄托和心灵安顿最恰当的方式。我们今天能够在光怪陆离的包围之中，在忙忙碌碌的奔波之余，稍稍停顿片刻，在静夜，以一首诗品味一缕温暖的微光，找到一丝清凉的慰藉，就不会再去计较已经过去或者刚刚到来的纷扰，唯有此刻，可以安顿自己躁动不宁的内心。

　　生活对于我们每个人有太多的不正常，岁月静好奢侈得遥不可及。我相信每个人在"不正常"的状态下，都会使出浑身解数挣扎、逃离和摆脱，而只有还乡，哪怕回忆，哪怕想起，才是可以安放心灵的地方。"只要筷头挑起几根鲜面条 / 就会想起流离的张飞庙 / 不知他是否还盼 / 思绪重回躯体的嘉陵江 // 想万里的长江 / 准备就此浩浩荡荡 // 想登云的步梯 / 是否真能穿越云巅之上 // 还有沉睡太久的恐龙兄 / 要小心翼翼的哦 / 把它的梦下载到课堂 // 绝壁的龙缸，狭长的地缝 / 龙洞流淌明月光 / 天一样大的坑啊，从不坑老百姓 // 三峡之上，天生云阳 / 一碗小面盛得下故乡。"这是孜格的《想云阳》，云阳是孜格的故乡，在重庆，故乡富饶的历史与人文在身体里的蛰伏，无论时间过了多久，只需要几根面条就能够满血复活。孜格的另一首《岁月的绿皮火车驶过心头》，"只要栀子花的幽香弥漫枝头 / 岁月的绿皮火车就驶过了心头 // 比如熙熙攘攘的站台 / 人头起伏的麻花辫 // 比如习题集内 / 一片精彩的嫩叶藏在答案里 // 猛一回首，太阳花 / 也会瞥见你长长的睫毛 / 不如望着窗外 / 闭上眼 // 只要栀子花的幽香弥漫枝头 / 岁月的绿皮火车就驶过了心头"。我在读这首诗的时候，被他强烈地带入，栀子花、绿皮火车、站台、熙熙攘攘的人头、麻花辫、年少的作业本，习题里夹着的嫩叶，因为再也看不见的绿皮火车总会驶过心头，这一切都清晰如昨被带了出来，看不够，不敢多看，"不如望着窗外／闭上眼"，否则一定是眼泪如注。我注意到这首诗的首尾两句是完全重复的，这种重复的句式在诗歌里是应该避讳的，但在这里不仅没有多余的感觉，反而对挥之不去的乡愁作了更为浓烈的强调。

孜格的诗除了密集的乡愁，他对大自然的热爱以及对人的生存状态的洞察保持了一以贯之的敏感。诗集《太阳云与绿皮火车》书写大自然的篇幅不在少数，难能可贵的是，孜格眼里的大自然不是浮光掠影的湖光山色，不是走马观花，而是有思考、有暖意地把大自然融入了自己的生命体验，把自己的情感和身体与大自然合二为一："立春／残冬还没有来得及／脱掉冰冷的外衣／／沿着雪逃逸的痕迹／盘旋而上／把自己缩为雪山的一粒寿司／／来，用你的手抓破历史／捧一把唐朝的雪吧／也许还残留着杜甫的一丝傲气／／窗含是不够深情的／千秋的转换／只在此时。"写雪的诗比比皆是，而孜格的这首《唐朝雪》写得别致，写出了大容量、大情怀，让人读了心生喜欢。他没有去着意描摹雪的自然状态，他看到的西岭雪山的雪已经不是眼前人人能看见的雪，而是主观的雪，个别的雪。一首短诗的长度和宽度给人以惊喜。时间被他拉长在唐朝，与那个时候的杜甫有了关系，产生了共鸣，而这个共鸣使得这雪有了历史的纵深感，有了古代文人的气节与风骨，这也是作者所崇尚的气节和风骨。这首诗从技术层面上看，朴素、节制，不露痕迹地呈现，收放自如，放得开放到了千年以前，收得回来，收到了"只在此时"。

诗集《太阳云与绿皮火车》里，有一首《丁真的世界》。一个被网络蹿红的藏区普普通通的少年，从来没有见过外面世界的少年，他难以置信的简单被遇见、被传播，足以让所有关注的眼睛潮湿。"蓝天剥落的璞玉／在格聂湖溅起的一抹浪花／男孩丁真，被摄像机／拉出了藏地桃花源／／丁真的世界很小／小得只剩下白马，白塔／寺庙与村庄／从来没有抚摸过轮滑／秀秀香奈儿与普拉达／／丁真的时光很慢／时针被冰川所羽化／牛、羊、人／在草地上与阳光同床／最快的节奏／雪山下与朋友们赛

马 // 丁真的世界很大 / 大得没有边界 / 那匹小马蹄下的芳草 / 已是天涯。"这首诗像一幅素描，没有主观，只有客观，只有不动声色的客观，却把一个花季少年大和小的生存状态勾勒出来。作者没有去指指点点、说长道短，没有以导师的面目评判冷寂的现实，而我们在这首诗里看到了作者难以抑制的心酸、心疼。世界很大，角落很多，如果我们的眼睛只看见大世界的姹紫嫣红，看不见角落里的期盼和渴望，我们的心真的能够安宁吗？局限可以让我们习惯心安理得，但是局限不能禁闭我们的思考。孜格的诗并不是每一首都那么成熟，但孜格写诗一定是有他自己的规矩，孜格的规矩就是所见、所思、所指，尊崇内心的拷问。比如《长尾巴的名字》《小满，刚刚合适》《枯荷》《石土豆》等，这些诗都有作者独特的审视。

　　《太阳云与绿皮火车》即将付梓了。孜格依然还是很少出没并不少见的诗歌场合，他的工作很忙是一个原因，另一个原因是他自己对诗歌保持的应有的尊重。不赶场，不打堆，才会把弥足珍贵的时间用于自己有态度的写作。我知道他身边的人很多还不知道他写诗，写了很多诗，这个诗集是他出版的第一本。从编辑业务上讲，我并不赞同他这样以时间顺序的编辑方式，因为他收录的早年的诗歌与最近的写作已经发生了很大的变化，这个变化从单一到繁复，从稚嫩趋于成熟，一本诗集把好的都放在了后面。后来一想，这也是对的，"不悔少作"并不是每个人都有这样的勇气。在孜格这里，写诗不是为了做一个诗人，而是为了拥有一份人生的诗意。这使我想到了俄罗斯诗人沃兹涅先斯基，有人问他："你为什么要当一个诗人？"他的回答是："我可以不去做一个诗人，但是有谁能够忍受住那被门缝夹住的一缕光的尖叫。"做不做诗人是一回事，能不能发现和抓住稍纵即逝的诗意是另外一回事，我以为这就叫态度，这就是我们的人生对诗歌的尊重。

　　是为序。

2024年1月16日凌晨于成都没名堂

## 玄思

太阳云与绿皮火车

## 情思

太阳云与绿皮火车

# 乡愁

太阳云与绿皮火车

## 生命

太阳云与绿皮火车

玄思

## 升旗

偎依在晨曦的清新气息中
我们大口呼吸着
义勇军进行曲激荡的旋律

历史的呐喊声
雨点般敲打着
曲子谱写着子孙们的灵魂

无数的目光
抚摸着
那团冉冉飘荡的红云

那冲天的旗杆啊
还悬挂着
一颗颗跳动的心

（1992年10月8日）

太阳云与绿皮火车 ●

## 思

黄河的源头倒映着
你静思的倩影
长江水还在抚摸

沙滩上我奔跑的脚印

那根长长的心线
却将两颗相思的灵魂
紧紧连在一起
像黄河和长江共同奔腾在黄土地上

天空没有一丝雨
两双凝视的眼眸
却怎么也拂不去雨水的痕迹

请摘下这个火红的石榴吧
里面
就是那无悔的结局

（1992年10月13日）


## 红军桥


你枯瘦的身影
让人不加联想
便似乎看见
一个赢弱老人的背脊

但你依然
倔强地站在水中央
虽然桥头是
小草对风的点头哈腰

3

便是小鸟
也不肯在你头上作太久的歌唱

你自然也不会明白
从你肩头踏过去的
有多少共和国的脊梁
可你终日和脚下的湖水一样
沉默地想象

（1992年11月12日）

## 初为人师

不太成熟的身影
被几十双
星星般闪亮的眼睛
涂抹得似乎有点变形

还略带童声的嗓音
咋自己听来
也那么遥远
那么陌生

当那些无邪的星星
不再只是好奇地眨啊眨
倾斜的身影又复了正
陌生的嗓音也渐渐圆润动听

太阳云与绿皮火车

老师———声似乎来自天边的呼唤
从泉水般清澈的童音里流出来
溅落在心坎上
猛然悟到长大的含义

（1992年11月22日）


## 罗汉豆


中文系教授从绍兴归来，分给每位同学一颗咸亨酒店的罗
汉豆。并笑道："多乎哉，不多也。"

罗汉豆
据鲁迅先生说
本产在六一公公田里

如今却被汹涌的钱塘潮
浪花般抛起
溅落在千里之外的川江旁

带着水乡气息的清香
从看社戏的乌篷船
飘进沸腾的大学课堂

同样说着：多乎哉，不多也
只不过
一位站在咸亨酒店柜台旁
起皱的长衫

不禁让人想起他可怜的下场
一位却站在大学讲台上
笔挺的西装
周围簇拥着敬佩的目光

（1992年11月22日）

## 兰州印象

母亲河
带着一种力度
从腰间顺滑而下
不知是哪位能巧的厨师
将母亲河也拉成长长的拉面
一位戴深度近视眼镜的先哲
说这拉面就是护城河
它固若金汤
于是有一天
有人便称你为金城

一个金秋的日子里
从太平洋那边
笑眯眯地又来了
一个戴眼镜的高鼻梁洋博士
他将白色的瓜子仁
撒在比瓜子仁还要白的土地上
开出洁白的花
结出白色的瓜

太阳云与绿皮火车

也有了她的中国家
及很好听的
中国名字——白兰瓜
于是你又有了绰号——瓜果城

说不清哪年哪月哪天
为回访那位西天取经的玄奘和尚
却有一位比他更傻
不远万里为你翻越喜马拉雅
也许他太累了
爬到这儿便停下
狠狠啃一口白兰瓜
刚咽下
却化作
一尊白塔

（1992年12月15日）

## 不，这不是我的黄河母亲

题记：兰州、郑州均有黄河母亲塑像，这两尊塑像均是少妇形象。

母亲河边
有母亲的摇篮
母亲却慈祥地躺在一边
面部满足的笑容
似绽开的花

对着她怀里静穆的娃

黄河水和母亲的乳汁共同抚育我长大
年轻的我却毅然背叛了她
听
忤逆的我在大声呼喊
不，这不是我的黄河母亲

是的，这不是我的黄河母亲
你没有这么多秀发
满头白发该往额头上爬
你的肌肤没有这么光亮
核桃壳般才是你的本色
你的脸庞不该挂着这么多笑容
笑容里该写满沧桑的中华

不，这不是我的黄河母亲
五千年的岁月
怎么隐瞒
也不再是少女的年华
尽力掩饰
苦难
却不能忘记这土地曾经被践踏

不，这不是我的黄河母亲
慈祥的爱抚不能使我们
健康地长大
母亲，唯有你血泪俱下
苦难的年华才会

激励我们长大
当一切都焕发出青春的光华
那时
母亲
你的笑容里才该满是自豪
满是伟大

## 图书馆门前的对话

庞德站在你面前
说
"人群中这些面孔幽灵般显现
湿漉漉的黑枝条上朵朵花瓣"
你却回答
不
人群中众多受到雅典娜殷勤的接见
笑靥丛中绽开的花瓣

（1992年12月18日）

## 弹钢琴

演奏厅
一杯酽茶
浓黑得

怎么也化不开

一缕不安分的阳光
却伸手探入
一把抓住
舞台上
弹钢琴的白衣女孩

苍白的琴键
无法拒绝
黝黑清纯的眼眸
十个跳芭蕾舞的女孩
踩在光滑的琴板上
和弦逼来
一个接一个
炸
裂
音符四散逃窜
隔音壁悄然举起铁掌
狠狠一击
天晕地眩
退回到座位上
歇息

（1992年12月19日）

## 三十而立

三十以后
一切将不重来
年少轻狂的我
曾无知玩弄浅白的深沉

少年心事当拿云
也曾沧海难为水
却终挥不去岁月刻下的疲惫

当脸上不再有无邪的笑容
在孤灯野火中踽踽前行的我
正追寻无边的星云

（2000年9月1日）

## 春节

时间储存了一个冬天
就为七天的燃烧
一晃眼就烟消云散了

人生就像春节
总以为岁月才开始

不经意的一天
恍惚是过去某一天的复印

儿时的梦想
就真的变成烟花了

（2013年2月16日）


## 过年


小时候
过年是一种盼头
你在车头
我在村头

长大了
过年是一种看头
有人在电视里头
我们在电视外头

现在
过年是一种想头
有人在红包里头
我们在屏幕外头

今天
过年是一种漂流

你在北半球
我在南半球

玄
思

（2017年1月31日）


## 夜思


眼前的彷徨
唤醒了昔日的凄凉

那一丝逮不住的光亮
拂过梦想的身旁

诗与远方
已经装不下当下的神伤

（2019年9月27日）


## 关于幸福


孔乙已说
幸福就是茴香豆
今朝有酒今朝醉

祥林嫂唠叨
幸福毁在大灰狼
全怪自己全怪娘

父母嘱托
十年寒窗苦
幸福一生赌

孔子曰
尽人事听天命
当下未来随我性

（2020年2月14日）


# 电话


小时候
电话是长长的铁丝线
绷紧了爸妈牵挂的心弦

长大后
电话变成了串串阿拉伯号码
那里面攒着少男少女甜蜜的情话

到如今
电话披上了万能的数码
潘多拉魔盒已放出了惩罚

（2020年2月14日）

## 斜杠男神苏东坡

东坡居士
就是这样有才气
琴棋书画
样样都拿下
小镇青年
成了北宋的学霸

王安石来变法
乌台诗案遭了惩罚
黄州惠州儋州
几多离愁
从北向南
一直抛甩到天涯

悲欢离合
阴晴圆缺
人生总是那么不如意
可这又有什么关系
生命就是无限游戏

诗词歌赋
独霸天下
朋友圈篇篇都是十万个加
偶尔也来泄露点佛学的禅机

男女老少
都是我的粉票

东坡肘子
西湖苏堤
过上一千年
照样被人铭记

男神就要这样有趣
呆板油腻不是我的习气
大江东去
大江东去

（2020年2月15日）


## 次第花开

恒河边的菩提树下
忘忧草斜躺在冰冷的平石板上
印度王子对着天际呼唤
诸行无常
就像变化的星河
永远抓不住一样

无常繁衍了八个子女
生老病死
怨憎会
爱离别

太阳云与绿皮火车

求不得
不欲临
人人都想躲避他们
原来诸漏皆苦

我执与法执
变成了自动驾驶
想要死死掌控一切
却像喝盐水解渴
会坠入无边的海洋

一生的安歇之所
就是你现在坐着的地方
涅槃寂静
用心抓住穿过黑暗风暴的那一束光线吧
终究会次第花开
花开见佛

（2020年3月6日）

## 关系

咆哮像一团火
烧焦了我的心窝

又或许
二荆条拂过我的喉
让我不能张口

每一天
都在越过春夏秋冬
没有明确的逻辑与顺序

你强我也强
明月照大江

（2020年4月18日）

## 草间的风

草在编织她的美梦
风在穿越草的梦

草在拼命挽留风
风在决绝地逃离草

年少的我们
想变身为风
一不小心
化为草的执着

多年以后
纵然大风拂过
也难得东吹西倒

（2020年8月23日）

太阳云与绿皮火车

## 诗人与雨

庚子七月的雨水
很润
诗人久旷的心
被浸泡得无比柔软
意念似洪水
乱窜
疯狂发芽生根
快拿来纸笔
收割一筐诗

（2020年9月4日）

## 没有礼貌的阳光

阳光不敲门
直接闯入办公室
斜睡在书桌上
平摊得很长
显得很没有礼貌

布满规矩的心灵
就像黑暗里
被灯光烧了一个疤

19

虽然整齐被打倒
却看到了一丝可能

（2020年9月8日）

## 初见城市

父亲把我带到
一个叫城市的地方
房子很高
好像县城里的房子在骑马马
马路比晒谷场还宽
公交车上两根大辫子在滑行
公园里
有一个叫库里申科的苏联人
在地下睡着了几十年
只有长江边的船
依旧慢腾腾
汽笛声一样悠长

（2020年9月20日）

## 黄山的雨

夏日的黄山
犹如中年妇女
情绪阴晴不定

瞬时艳阳高照
一会儿又疾风骤雨
阳光斜躺在雨后林间的小路
偶尔窜出一只小松鼠
叽叽咕咕

（2020年9月20日）

玄思

## 披着月光来寻你

中秋月饱满的汁液
涨破了思念
夜的情绪很稳定
漫天的蛐蛐
一起浅吟低唱

空气已经被月光
打扫得清新
不用担心堵车
我的心儿已经在飞翔

今夜，月光作马
今夜，心如骑手
我披着月光来寻你

（2020年10月2日）

## 穿越古今的相聚

电吉他
在平乐古镇激荡
把西汉才女
卓文君
也撩得沉醉不已

文君当垆
相如涤器
曾经的浪漫
千年之后
如今寻常遍地

今夜
月光作履
我们各走一千年
为了多巴胺
穿越古今的相聚

（2020年10月4日）

太阳云与绿皮火车 ●

## 诺贝尔奖

第一片黄叶悄然掉地

该收割了，无声的提示

百年的诺贝尔
像烟花一样
循环在网络上次第燃起
即使早已不具备实验室
爆炸的刺激

这里有十万个为什么
也有关于和平的秘密
大千世界
种种变换
驱动了人类的好奇心

（2020年10月11日）


## 像风那样去旅行

像风那样去旅行
不需要谋划与攻略
也不必面对导游的磨叽
随时可以快马加鞭
也可以暂停驻足
轻摸叹闻古今的
粗糙或气息

像风那样去旅行
不需要强行陪伴啥

23

也不需要无所谓的牵挂
翘首待日出日落
或者从林间的斑影中穿梭
赤脚贴地
欣赏雪一直下

像风那样去旅行
不必找一个美丽的借口
甚至不需要什么理由
向北怀抱一地极光
折叠空间的绚丽
向南偶尔缱绻在天涯
抖落囤积的贪念

像风那样去旅行
心动了
我干脆就化为一阵风
摇曳在云端
或者深藏在地下
我就是风
过了就过了
天地间都找不到
一丝丝痕迹

（2020年10月11日）

## 四季人生

含苞时带一丝娇羞
盛开的季节
尽情展翅
结果时完全奉献
凋零时刻
悄无声息
转身
又是一生一世

（2020年10月13日）

## 城市车流

月光高照
非常守规矩的路灯
寂寞地站立在道路两旁

双实线
准确地把路线切割开来
一路白光漫射
打开了来时的舒疾
一路红色尾灯
阻碍了归家的急迫

天地间
都在位移
人世间
还在穿梭

（2020年10月15日）

## 流浪猫

某天
我飘移到这陌生的家园
不见我的娘亲
和亲爱的兄弟
从此
每天再也没有嬉戏

草丛是我的家
随风飘的芭蕉花壳
便是我的碗
偶尔有几个小孩
还把我当作朋友
给我一点残羹剩汁
天空有时一阵大雨
让我不致饥渴

我的流浪是我的梦
我的梦是一场连续剧

太阳云与绿皮火车

我是那剧里唯一的主人公 　　　　　　　　　玄
（2020年10月20日）

## 如果你不再年轻

如果你不再年轻
秀发不再黑亮
皮肤也不再那么有弹性
双目没有了清纯见底
请不必悲叹
你也不用拼命去
思索未来
或者去挖掘流逝的记忆
从现在起
好好去看一下
星辰大海
落日余晖
我们不说话
一切就很好

（2020年10月28日）

## 谁都不懂谁的孤独

大平层的双层玻璃
把粗鲁的嘈杂都拒之门外

27

我的气息
淹没在
猫咪的呼呼声中
印证有动物的存在

猫咪深邃的目光
也许焕发的是
哲学的光芒
我慵懒的目光
只是动物的茫然

独居一室
四目相望
谁都不懂谁的孤独

（2020年10月31日）

## 写诗

十二岁那年
我与诗歌开始了
第一次相恋
再次邂逅
已是十年
从此
生活的皱纹
吞没了我的诗意

偶尔
漫天的星河
朗朗上口
撷取他人的语言
来点亮我枯竭的内心世界
这一刻
心流就像电流
烧得我浑身发抖
内心和诗一样清澈

（2020年12月1日）

## 春意

春阳给大地
平铺上地暖
冷不丁沸腾的花枝
像几年不见的邻家小女孩
款款而来
长发已盖过你的肩头
猛然若悟
岁月偷偷翻了篇

（2021年2月13日）

## 一切都是最好的时光

总有鲜花，急于提前泄露春光
也有蜡梅，映着冬雪才绽放

总有鸟儿，迎着晨曦呼朋引伴
也有夜莺，宁愿在暮色中浅吟低唱

总有婴儿，以啼哭声宣告降临
也有不幸者，辗转去了天堂

总有跑者，提前冲到终点
也有闲人，才刚刚整装出发

阔论者在喧哗
也有习惯像影子，沉默不语

有什么关系呢，时间
在表盘中重复

（2021年2月19日）

## 春思

愿每一缕春风

太阳云与绿皮火车 ●

30

都能邮寄
对你的每一次心动
不必签收
春风已经给了回执

玄<br>思

（2021年2月22日）


## 小满，刚刚合适


小满时节
我把中庸沉入杯底，敬孔子

满而不盈，哀而不伤
乐此不疲

我把黄金分割融入咖啡
呵呵，泛起了毕达哥拉斯的笑意

还渴求什么呢
一切都刚刚合适

（2021年5月21日）


## 抢答题


还在花前月下
还在卿卿我我

还没有听见发号枪响
我就按一下抢答键
从男孩变成了父亲
从此
这没完没了的演算
儿子
你变成了我一生都解不开的答案

（2021年7月10日）

## 一清二白

硕大的餐盘
小葱在拌豆腐

请把你瞳孔的光圈主动缩小
我只是躺平，一清二白

亲爱的
请不要吃醋
世界不是非黑即白

（2021年7月31日）

## 把心事一并烧毁

夏夜星稀月明

青蛙的呼喊有气无力

我划燃一支烟
狠狠地吸上
想把所有的心事一并烧毁

随风散去的，点点火花
哽咽还死缠着咽喉

我弹了弹烟灰
剩下的
仍然是垃圾

（2021年8月4日）


## 人生也算立了秋


风从远方来，依然饱含热情
最细腻的梧桐叶飘然坠地
悄然泄露季节的转折
猛然惊异
仿佛才过新年
时光不知不觉又奔跑了大半截

习惯性
摸了摸有点见白的后脑勺
想一想生命的长度
人生也算立了秋

是收获的季节了吗
能够打捞的
好像一无所有
权且与岁月同频共振
由炽热到冷却

（2021年8月7日）

## 满头青丝只是我常披的外衣

不断有人好奇
为何你年过半百
满头青丝
没有一丝白发
是枸杞、虫草还是口服了丹参

其实，那是全身最健康的器官
没有之一
时间的藤条持续抽打
我的内心早已布满荆棘
泥泞不堪，一触即发

满头青丝只是我常披的外衣
夜深人静
我独自拥抱自己
早生华发

（2021年8月13日）

太阳云与绿皮火车

## 握手

我想敞开心扉
你却紧锁眉头

我主动伸出了手
你却握紧了拳头

青青草地
慢慢变荒芜

偏了角度的平行线
渐行渐远

（2021年8月25日）

## 把秋色平分

把白昼与黑夜拦腰斩断
把秋天及其满月拦腰斩断
把耕耘与收获拦腰斩断

来吧
人生也来一次腰斩

35

要疼就只疼这一次吧
把希望与绝望切开
把奔跑与驻足切开
把这山与那山切开

我不愿再回头
哪怕前面
就是白雪与华发

（2021年9月23日）

## 树

一棵树
有枝繁叶茂的高光
也有枯枝败叶的落寞

作为生命来存在
某一天也许会默默倒下
之前也要保持树的尊严

努力站直了
保持树的尊严
躺平了
就变成了木材

（2021年11月2日）

## 影子

无私的只能是阳光
可以生根
也可以发芽
有时候
欲望比你的影子
还要膨大
当地球变脸时
在黑暗中度量真实
不要拉上阳光来阅读数据

（2021年11月12日）


## 世界没有想象的那么简单

我是陆地的儿子
第一次来到大海边
我很纳闷
谁在水里放了这么多盐

她是大海的女儿
第一次到了雪山边

她很惊讶

大山为什么这样沉默不言

后来，我与她
在一个叫城市的地方
绕过了藤条，结下了并蒂莲
这才明白
世界没有想象的那么简单

（2021年11月15日）

## 冬夜登木棉花酒店

好似一个电子镜
从井底被弹射到花之冠
在南方的盆地
小雪是见不到雪的
浓酒的炽烈终敌不过
深秋的寒意

怀抱满湖的星星点点
世界一次又一次被点亮
恰似一场盛大的演唱会
五颜六色的观众啊
无法逐一表白

（2021年11月22日）

## 感恩

云对风说，我要感谢你
是你让我自由来去
风对云说，我也要感谢你
因为有你，我觉察到奔跑的意义

小草对着泥土说，我要感谢你
是你给了我生长的力气
泥土对着小草说，我也要感谢你
因为有你，我学会了坚守的意义

太阳对着月亮说，我要感谢你
我不在的日子，是你在抚摸万物大地
月亮对着太阳说，我也要感谢你
没有你的无私，我怎么能有多余的力气

天空对着大地说，我要感谢你
无论我怎么宣泄情绪
你总是帮我默默撑起
大地对着天空说，谢谢你
是你把我们给罩起

岁月对着日子说，是你的累积
平凡才有不平凡的意义
日子对着岁月说，是你的沉淀

才成就了历史

凸与凹互相说，谢谢你
是你，让我看到了反方向的自己

啊，这世界有太多的感谢
不要再感谢了
是谁发明了词语?
不然
你就是我
我就是你
也许，我们本来就在一起

（2021年11月25日）


## 夜与昼

城里的阳光
我只想取一勺涂
却被困在玻璃盒

农村的月光
倾倒在稀疏旷野
终究无人问津

阳光下，你欢喜了谁
夜色中，谁又欢喜了你

（2021年12月1日）

太阳云与绿皮火车

## 文学院

我有两个邻居
一个是郭沫若，一个是巴金
因为我们都有同一开发商
当然
他们的房只住着他们的名字

每天清晨
我跑步去见巴金
摸一摸胸口
今天，我有没有说真话

傍晚
我在郭沫若家散步
看一看
天上的街市

（2021年12月1日）

## 黑白照片

小时候
我很小，世界也很小
父母给我一双黑色的眼睛

41

我用它慢慢打量彩色世界

现在
我长大了，世界也变大了
给双眼加装了魔法玻璃
我急切地把彩色世界
做成黑白的切片
一片一片还给记忆

（2021年12月21日）


## 诗歌朗诵

女主持人突然袭击
开始切剥你的心思
要搅动心底熟悉的涟漪
就像诚挚地端起酒杯
她要先干为敬

不紧不慢的音乐左顾右盼
朗诵也变得煞有介事

仿佛心里的秘密
突然被人松了衣
或者儿时的语文老师
还在对着全班朗读范句

那个最情不自禁的

也许还是诗人自己

（2022年1月8日）

玄思

## 历史就像一只小花猫

历史就像一只小花猫
慵懒地躺在博物馆
或许也藏在背街小巷的窗前
那些斑驳的墙壁下面
旧家电维修部油腻大叔
叼着烟斗，身着大裤衩
在躺椅上吱吱呀呀
或者街边的缝缝补补
老掉牙的缝纫机
和声唠叨的大妈
来一副黄色打底的太阳镜吧
目光所及
均属历史

（2022年1月18日）

## 枯荷

对荷叶而言
一岁就算一生
即使快谢幕了

43

寒风淤泥中努力站成笔直
只为维持一生向上的形象
宽大的荷叶已经浓缩为
保持体面的养老金
每天的功课
以水面为镜
总结一生
把回忆写入莲蓬

（2022年1月27日）


## 呼叫转移

呼叫转移
不仅仅是两个手机之间的游戏

或者，麻将桌上
从多巴胺高潮跳到低谷郁闷的痕迹

那些蝇蚁苟且的角落啊
最美的项链也会变异为罪恶的铁锁链

铁链是锁不住真相的
阳光沸腾的时刻
铁链呼叫转移给始作俑者

（2022年2月11日）

## 准备

每一份蓄谋已久的
处心积虑
或者未雨绸缪

就像天空酝酿的情绪
不管是雾是雨还是电
通通偿还给大地

（2022年2月12日）

## 春分

一分为二的手法
从来不是黑格尔的专利

时光是最锋利的快剪
平分了白天与黑夜
平分了整个春色
一半被春风带走
一半被你藏心里

还有遥远的高加索呢
喧嚣与兵戈

能否被春风劝和

（2022年3月20日）

## 我化作风铃来报春

黄花风铃木，是作为少女出现的
还没有长大
在春风中已变得很成熟
同样是收获的形象
没有银杏那么老谋深算
春生秋叶
我化作风铃来报春
人生走过了一条对角线

（2022年3月27日）

## 似水流年

那时曾把心愿
藏在落花生里
希望有一天土地也可发光

大人们的理想
为何只在地平线下游荡

童话躲在大海里

小公主在梦想
王子送的蛋糕
只是手机的屏保

故乡依然是茂绿的
心儿却变得稀疏
只种得下
一声叹息

（2022年4月19日）

## 一条脱离WiFi的鱼

一条从WiFi突围的小巷
这里包裹不了快递

书写的是关于修补的故事
比如衣物的容颜，转不动的电器

我的心能否在这儿稍事歇息

午后的慢时光
手动的缝纫机
我也想变成一条脱离WiFi的鱼

（2022年4月20日）

## 日晕

无边浩瀚的蓝天
又大又圆的独眼在发言

熠熠发光的瞳孔
是唯一存在声源

那些五彩的光环
蒙蔽了多少口罩的双眼

你以为阳光会普照
向日葵却迷失了仰望的方向

（2022年4月28日）

## 长尾巴的名字

很多时候
别人的一笑一颦挂在眼帘
自己的名字被抽象

岁月让人健忘
还是大脑核桃开始缩小？

给通讯录每一个名字接了尾巴

48

局长经理甚至某某的朋友

名字越来越多，越拉越长
日子已经七零八落

（2022年5月15日）

## 青城天下幽

弯弯曲曲的盘山公路
是道家的心流

小汽车都怀装好奇的探头
给陌生化找一个切口

把尘事都暂时放下吧
阳光是无所保留的
绿色的空气
皮肤与树叶
每一个细胞都感觉很自由

（2022年5月22日）

## 太阳

朝阳与落日
是温和的反方向

就像懵懂少年面对白发苍苍
给山川河流，一草一木，一街一景
都拉长了阴凉
月亮有时也会站出来帮腔

只有烈日
烈日是爆炸的孤独
光芒万丈
俯瞰全场
每一方寸事物
均找不到躲藏

我喜欢太阳的每一个时刻
因为有光

比如人生
活着就好

（2022年5月29日）


## 蚂蚁

想去做一只随遇而安的蚂蚁
包分配的工作
一生只做一件事

想去做一只贪图清静的蚂蚁
可以躲在墙角

从此不过问世事

想去做一只不思上进的蚂蚁
不用彼此攀比
路线已经被基因设计
一生井然有序

不要迷恋主义
主义拼不过蚂蚁的秩序

不要迷恋大师
大师的设计不及擅建筑的蚂蚁

不要迷恋森林
那一片一片的黑云啊
不就是一只一只蚂蚁的集体？

（2022年5月31日）


## 一个高高在上的日子


梅兰竹菊四君子
冥冥之中，已被四大节安排了出场顺序

春节是梅花漫天的日子
清明只有兰的幽香
那重阳的登高啊
只为满城的黄金甲

桀骜不驯的屈原
把人生履成了一竿竹
高风亮节
在原则问题上
绝对不会来回转折

端阳本来就是一个高高在上的日子
阳光下的纵身一跃
只为君子般的高洁
不是为了洗白

（2022年6月2日）

## 芒种，想好了再种

不管是北国的麦浪
还是南方的稻花香
都是这大风吹惹的果

风起的日子
总有人违心飘摇
哪怕前方已经没有向隅而泣的通道

芒种
不要太忙了
想好了再种

（2022年6月6日）

太阳云与绿皮火车

## 知识的诅咒

杰伦外挂魔法的西装
舞台是彩色的光
十指击打黑白的沧桑
一百年的具象
凡·高，莫奈和郎朗
有趣的灵魂纷纷来赏光

那些似曾相识的目光
说不出姓
叫不出名
像半睡半醒中有人压着你的胸垂
以为你知道玛格丽特
我却只会哼哼音乐的节拍
管他什么阳春白雪
我只是下里巴人的角色

请多多给我举例
告诉我他们具体的故事
听众需要重新被定义
我还不够那么高级

歌声含混从不介意
可以充分利用提词器
堆砌的文字头疼无比

这知识的诅咒
诅咒自己
没有天天向上，好好学习

你狂你王你嚣张
清风拂山岗
明月照大江

（2022年7月6日）

## 大白于天下

世界上最温暖的连衣裙
只限雪花飘飘的时刻

七月流火
移动的桑拿
仿佛灵魂飘浮的云垛

不做五彩缤纷的花朵
真相很快
会大白于天下

（2022年7月23日）

太阳云与绿皮火车

## 对称的元宇宙

月亮是黑夜的航空港口
万籁俱寂包裹着悲欢离合
在抵达或者在出发

天幕的针眼
是群星闪烁

夜幕的背后
是否有一个对称的元宇宙

（2022年7月27日）

## 如梦令

雪山已睡了
城市被静默
我在练打坐
你在想我吗
明月可作镜
调暗烟火熬思念
我们明天涮火锅
如何

（2022年9月10日）

55

## 情非得已

宽得不能再宽的马路上
一只黑蚂蚁轰然倒下
把另一只更细的蚂蚁
碾压成肉粒
这好像不符合逻辑
只因彼此都钻进了钢铁铠甲
倒下的是铠甲
蚂蚁其实情非得已
遥远的西伯利亚
白桦林已经有些垂头丧气
也有两只蚂蚁相拥而泣
他们一样情非得已
等待他们的是一副副铠甲
和那些即将被轰压的陌生蚂蚁

（2022年9月23日）

## 秋分是一把公允的刀

秋分是一把公允的刀
平分了秋色
平分了冷热
平分了昼夜

快乐与悲伤呢
谁能够多切一点
刀把在自己手里

战争与和平
一刀下去
怎么都是疼

干净或者污染的空气
抽不断，切不开
秋分这把刀
在软绵绵的空气里
惭愧地低下了头

（2022年9月23日）

## 石土豆

一只落单土豆伤了心
伤心化为石
沉睡千年
终于在田埂中重见天日
替它翻身的是一个
注重细节的女人
与其在泥土中风烛残年
不如在有缘人手头温暖一晚

（2022年9月24日）

## 霜降

秋天的尾巴
已开始拍打冬天的节奏
为过冬储备食物的
除了走兽，还有被战火熏黑的一副副面孔

草木一夜变脸
在太阳的帮衬下
展示一年最后的辉煌

最懂得顺应潮流的蜇虫
全在洞中禅修
暂时向生活低头
静候春天的风口

（2022年10月22日）

## 传承

误打误撞的小麻雀
在漆黑的山洞里
找寻内心的宁静
乌鸦叫不醒他
扔掉了枯藤老树

派猫头鹰作为天使
拉回小麻雀的心意
你永远叫不醒装睡的自己
一代人有一代人的传承
如果断了线
那都不是我们的本意

（2022年10月31日）


## 孤独


孤独是一条猫咪的尾巴

漫过心房的心流
可以很轻柔地缱绻几下

有时高高地翘着
向全世界展示内心的渴望

更多的时刻
这条尾巴耷拉
逮不着，也放不下

（2022年11月14日）

## 封印

总有银杏叶，要飘落到地上
最后的高光
沉没在这初冬里的阳光

和银杏叶一样低调的红袖套
黑字白底封印宣告
那鲜红的印章
不再是心上人黯然销魂的唇膏

此刻
脑海在放映警匪片的旁白
出来混
终究是要还的

（2022年11月16日）

## 下了三年的小雪

一场小雪
仿佛与白云纠缠了三年
一切的一切
都逐渐苍白

那五颜六色的彩虹
已经快被记忆掏空

天气在上腾
地气在下降

没有彼此对目的世界
自然坠入寒冬

空气中偶尔嗅到波斯湾沙漠的欢呼声
这丝绸之路
百丈冰是否依然瀚海阑干

（2022年11月21日）

玄思

## 小羊咖啡

漫天的羊群
天上是一团一团的
地下是一只一只的

我拼命拉开一丝浪花
在杯底露出微笑的苦脸

在进圈之前
先品一杯小羊咖啡
褪一褪人性

以免有一天
骨头太硬
被拿来当作肉桂

（2022年11月27日）


## 唐朝肥


唐的盛世
审美标准也特立独行
环肥燕瘦

历史的长河
两座丰碑，两种风格

只是
爱情的饥饿
能否用米饭填满欲壑

（2023年1月10日）


## 一棵树，一生只为站得笔直


办公桌上的手印渐渐消逝
犹如冬日的雾气
有聚集，也有离去

似曾不舍，多年以前
放下余温尚存的手术刀和听诊器
恍恍惚惚中一丝淡淡的凉意

1月11日，最后转身的日子
就像三个一
夕阳斜晖
仿佛三座丰碑

年少时最大愿望就是做一棵树
退场时，作为一棵树
一生只为站得笔直

（2023年1月11日）

## 114

作为时光的叙事刻度
114代表一段故事，不限于悲欢离合

作为号码的综合仓库
114仿佛是一段灯光，在黑暗中被突然点亮

是不是一定要拨动每一根心弦
那朵迷路的雪花
今晚才愿意扭头回家

（2023年1月14日）

# 我沿着岁月的航线单向飞行

母亲的脐带
像一条拉伸十月的皮筋
咔嚓声中我被弹射到
岁月的航线上单向飞行

少年心事当拿云
要踩上云头
那得一直去攀爬

中年的我开始靠惯性滑行
又高又远
人生只剩两个字

越过抛物线一样的顶点
眼皮被地心力往下拉
只希望平稳着陆
停靠在终点站
和大地
混为一谈

（2023年1月25日）

太阳云与绿皮火车

## 习惯

一只小鸟攀上飞机
它也不像兀鹫在万米高空信步闲庭

一条小鱼附上潜艇
马里亚纳海沟也见不到它游曳的身影

乞丐即使有了意外的成果
也只会精进乞讨的技能

马尔可夫一百年前预告我们
习惯是个可怕的陀螺
正反都会旋转一生

（2023年1月26日）

## 霜华

冷若冰霜
那只是形式主义的包装
比如挂在树枝
或者贴上容颜

在双亲面前

65

你卸下了所有的坚硬
把最温润的一面
映射进他们的眼帘

不管是三亚的阳光
蜀中围炉煮茶
那醉人迷人的笑靥啊
谁人不羡

我下意识拨开了骨肉的朋友圈
只剩下一根直直的地平线
上面无天
下面没地

认识我骨肉的人都说
热情似火
我说，是的
他把温暖都给了别人
留给父母的是灰烬

（2023年1月26日）

## 人生演技

形而上学的嘴脸
搔首弄姿的高雅
偏好披上幽默的风衣

66

用方程式般
所谓诗的语言
挖掘权杖，利润，白皙的大腿

就像奢侈的花围巾
解下来
缠绕的终是骷髅容颜

人世间
数不清的戏台
自以为是的不仅有连续剧
还有步步精进的
人生演技

（2023年1月26日）

## 春来了

一条蛇，把口罩当眼罩
盘旋躺平，禅修
冬眠了三年

三寸之外
枪炮，病菌
嬉戏声，欢呼声
只要闭上眼，等于不存在

突然摘下口罩

阳光如此耀眼
感受到地球还在旋转

把身体重新拉成一条直线
万物都开始睁眼
这是真正的春天
一条蛇的宣言

（2023年2月3日）


## 钟摆


我栖居在城市的西边
那里有夕阳和假寐的我

城市的东边水草很肥美
我拒绝不了那里的诱惑
就像饥饿的飞蛾
以消防队员的信念
用身躯去灭火

横贯东西的地铁
把肉身的我和精神的我
摆渡两个分裂的我

我习惯性挂在钟摆上
岁月蹉跎

（2023年2月9日）

## chatgpt

人云亦云是可耻的
一只鹦鹉复述不了前生今世

山谷的回音却很亲切
复习心里话
怎么都觉得熟悉有趣

chatgpt是千年的鹦鹉成了精
秒懂人心

以前
我的心事要么藏心底
要么快递给知己

现在
我把心事喂给一台机器
让标准化的工业运算
回馈给我一个世界通用的答案

多年以后，在玻璃大房子里
孤孤单单的我
不再害怕寂寞

我只担心屏幕染黑了眼睛

（2023年2月22日）

## 我只是你的肉身聊天机器

在神话传说中
上一个轮回，我们本来就是一体

可轮回这部机器
是不是偏离了轨迹

我双手捧起自己的灵魂
吐露心迹
你完全不予搭理

我小心翼翼
亦步亦趋
你的双眸闪拒不已

可我们为何要整日整夜
聊天，聊地
聊古，聊今
难道我只是你的肉身聊天机器

（2023年2月28日）

## 落定的不一定是尘埃

春阳懒洋洋躺在洛带
贪玩的刘阿斗在这里松下腰带

一个名叫洛水的湿地
我对着阿来说
尘埃落定的每一句话
如果在键盘上几个回车
那就是人世间最美的诗歌

他说，一碗水是装不下整个大海的
大海却可以怀抱人世间的所有泪滴

谁说落定的一定是尘埃
也许还有
从心口掏出的诗句

（2023年3月14日）

## 桃花天池

天池被桃花迷离了
龙泉山睁开了春之眼

71

驿道是时光的针线
把悲欢离合
织成一颗硕大的泪滴

还是把如约而至的秋波
送给蓝天或苍穹吧

十万亩粉红的三生三世
只为流浪地球时
那不经意的回眸

（2023年3月25日）


## 为什么被野狗咬伤的总是我

我是一棵中庸的芦苇
根据大风吹
调整稍息立正的姿势

我总是温和地吐露自己的欲望
就像被驯服的柴犬
哪怕啃一根骨头
也要东张西望

可被野狗咬伤的总是我
比如癌细胞吞噬了我的战果
比如温情脉脉的爱人
受了魔鬼的蛊惑

太阳云与绿皮火车
●

我只能像芦苇一样
一夜白了少年头
把尊严匍匐到大地
再点头哈腰呢

这一次
我要把自己变成野狗
咬伤这世界的罪恶
咬伤良心的嘴唇
我只想刺穿噩梦一般的生活

（2023年3月29日）


## 我不知道风朝什么方向

世界像一张无形的大网
每一个脑细胞都在心的中央
卷平的世界
我感受不到风的方向

太阳光在上面
雨水从天而降
即使雷电
也来自天上

我的眼睛也在上
脚踩实沉的大地

内心为何时常慌张

我不知道风朝什么方向

也许最稳妥的办法
看一看天空的模样

（2023年4月1日）


## 航空灯


万家灯火刺破了
这城市密不透风的夜幕

一盏又一盏航空灯闪烁
是夜色流下相思的血滴

这四月的春风啊
可知我云端高歌的落寞

对你日积月累的相思
要么深潜在地平线以下
要么就化身这夜色中的航空灯
把想念累积成闪烁的血滴

头顶，明月可鉴
还有态度永远暧昧的星星

（2023年4月2日）

## 明前茶

一场大雪的封锁
再怎么也按捺不住

瘦小的身形
微风吹得春衫薄

少年似一张纸
滋味鲜爽
香气清幽
没有一丝油腻

赶在拜见先人之前
把青春一饮而尽

（2023年4月5日）

## 偏头痛

欲望是不断成长的气球
羡慕的眼光
软磨硬泡的祈求
你以为是一阵春风

而我的偏头痛是一根铁钉
膨大的气球
瞬间就泄了气

漏风的欲望
是人生的反方向

（2023年4月6日）

## 冥想

呼吸是春鸟的喜悦
分别心是不存在的
这里只有
花的正念，蓝天的高和远
固若金汤的钵
不敌内心一刹那的绕指柔
我是那一万年的紫霞仙子
轮回故乡小坐

（2023年4月8日）

## 倦意

以前是日过午头
现在人到中年
不期而至的倦意

像水泄的瀑布一地

耳边隐约的豪言壮语
朋友圈里挑战陌生化的自己
都沿着耳朵的反方向而去

少即多，你说
好像把肋骨一根一根抽离
最后时刻，只剩下一根没有燃成灰烬的脊柱

欲望和倦意都已被烧成灰烬

（2023年4月8日）

## 日照金山

神秘的不仅仅是香格里拉
蓝天上悬停的云
已把正念修炼到极致

洞穿瞳孔的万丈光芒
仿佛拉开了梦的卷帘
芝麻开门后
世界被点石成金

大自然恩赐的盛宴
焉能一口吞下

我把此前的欲望纷纷扯碎
只有虔诚和膜拜
在雪风中飘摇

（2023年4月9日）


## 映山红

开始做一个不动声色的人

像暗黑中轻手轻脚向你靠近的那朵映山红
不需要花蕊的陪伴
枝叶多一点都显得很嘈杂

思念被按捺在夜色之下

把所有的陈年旧事
一饮而尽，顺心而下

（2023年4月9日）

太阳云与绿皮火车


## 会 议

春阳，按捺不住的热情
像即将沸腾的水
把一个冬天后的
阴霾，枯萎和懒洋洋

都近距离地暖身
冷冰冰的玻璃幕墙
都开始泛着害羞的光
玻璃幕墙内的会议室
严肃并不紧张
室内的人都盖着遮阳布
在幻想诗和远方的阳光
仅仅一步之遥

（2023年4月10日）


## 夜色


夜色像下沙
沿着钢筋水泥森林
踩着树的臂膀
依偎着灯光，把黑暗洒满一地

一天中越堆越高的疲惫
似高楼点点滴滴的灯
终于坠落中庭
化为孩子们的欢呼

夜色
把幸福从天上拉扯到人间

（2023年4月12日）

79

## 一只猫的纠缠

身边的人越来越少
就像一棵老树
面对秃顶的秋，更生烦恼

唯有宠物猫
守着主人的清晨，或者夜归的脚步声
比如空荡荡的大客厅
美食诱惑下的弧形酷跑

一只猫是否有孤独
不管是缱绻摇晃的小尾巴
还是暗黑中那闪光的示好
它在渴望着什么

一只猫的纠缠
是饥饿与孤独对爱的缠绕

（2023年4月13日）

## 夜归

为碎银几两
不得不夜归的我

十字路口的路灯们
联合红绿灯
把单薄的身影
拉扯得七零八落
理想就像一堆
没有胶水的积木
平躺一地

（2023年4月27日）

## 人防工程

地下停车场
厚重的钢门，把世界切分
有光的地方叫和平
伸手不见五指的
意味着战争

（2023年4月28日）

## 中年是困倦的午意

孔子云，中午不睡
下午崩溃

放下午饭的筷子
眼帘就关不住东西

所有的事物跳来跳去

想一想攀登高原的体味
上有老，下有小
中间还有不大不小

中年是困倦的午意
必须用一场蒙面而睡
或者说走就走的旅行
重启人生

（2023年5月5日）

## 梦是亲人见面的桥梁

迷迷糊糊，似醒非醒
刚去世不久的奶奶
仿佛端坐在棺材里
她的躯干已退还给大地
脸庞依然写满笑意
我明知这不符合逻辑
心头没有一丝恐惧
只想去品尝曾经的爱意
手机闹铃响起
怅然若失
也许有一天
我会按照梦的旨意
去和所有亲人见面

太阳云与绿皮火车

那一刻
时间不再拥有意义

玄思

（2023年5月9日）

## 我的孤独是一匹脱缰的马

偌大的星巴克
昏昏欲睡的店员
同样漫不经心的
是拉花的咖啡

角落里藏着眼神迷离的顾客
他的杯里早已见底

轻音乐浸泡的咖啡豆
和春末的雨水
纠缠一起

我的孤独是一匹脱缰的马
就像充满浓香的咖啡
思绪飘荡天涯
如果可以
我把孤独一饮而尽
让心灵的野马尽快安家

（2023年5月9日）

## 五月致鲜花

五月是
鲜花即将迈进果实的阶梯
春季向夏季的叩问

五月
是上帝给予的礼物

对于鲜花来说
已足够地成熟

对于果实来说
尚含一些青涩

我喜欢这似醉非醉的感觉
享受春夏之交的温热
以及
中庸之道的喜悦

（2023年5月10日）

太阳云与绿皮火车

## 小满是一种期待

三千年，整整三千年
不是第一就是第二

这座城市就像一个长老
可以说一不二

一环，二环，三环
每一环都拴住了大小游子
关于城市的梦
梦里有一望无际的公园
宽阔的马路栏杆
挂满了月季的召唤
以及风吹麦浪的浪漫

大雪之后
春之花粉墨登场
就像蜜蜂的嗡嗡嘤嘤
小麦已开始灌浆
长势不要太好了
小满就好

（2023年5月19日）


## 跳龙门


想要飞得更高
老师从小教育要成为赵传歌声中的小鸟

年初有目标
就像一条鱼
大家都在跳跃

有传言，高的地方更危险
门那边有耻辱与烦恼

突然很耻辱作为一条鱼
那有什么关系呢
不管水中还是岸上
我想大口呼吸的
只剩下空气

（2023年5月26日）

## 每个人都是一首歌

每个人都是一首歌
就像每一片树叶各不相同
但都叫作人
只是有的善攀高枝
有的广开脑洞
有的匍匐前行
有的像落叶一样，与风做伴
有的只在角落念念有词
有的万众瞩目下
扯起喉咙传播他自己的故事
曲终音尽
有的戛然而止
有的余音永不休止

（2023年6月5日）

## 不是每一种忙碌都值得尊敬

麦芒是指向太阳的时针
越来越高的温度
它们都在暗示
该有所动作了

麦田，稻田，热火朝天
演技高的会得到种种赏赐

不是每一种忙碌都值得尊敬
在错误的地方折腾错误的种子
收获的只能是虚无

聪明的蜜蜂总会调整巡航高度
哪里有甜蜜
哪里才是忙碌

（2023年6月6日）

## 忐忑

心无处安放的时刻
世界就变成黑白
仿佛突然安静下来

只有内心在反复盘问
如果怎么
又如果怎么
你控制不了外面的光影
告诉自己
一切都是最好的安排

（2023年6月8日）

## 文字在演戏

在博物馆
幽暗的陈列间
那些已经泛黄折旧的新闻
终于静默下来

再喧嚣的故事
没有了主人公的背影
隐约着时代的脚印

睁大你的双眼吧
口号都是舞台剧
不过是文字在演戏

（2023年6月9日）

# 长者

那些黑白分明的铅字
像桀骜的长者

不管铜版纸似的丝滑
还是在宣纸上的一步三摇

开始踩不住时光的尾巴
气喘吁吁

长者是未来对现在的镜像
想到往昔
以及不小心丢下的过去

据说算力会让脑细胞变异
唯有孤独的长者
永远不唱模仿戏

（2023年6月15日）

# 艾灸

据说五月首毒
阳光做伴

89

用口口相传的动作
来一场批发式火攻

把苦集灭缔
以及藏在心底的委屈潮湿压抑
点燃艾草
一遍一遍驱离

年过半百
就像一年过了端午
把那些虚假的累积
通通断舍离

（2023年6月23日）


## 飘风雨


无常
就像天气，或者心境
前一阵子阳光万里
转眼间瓢泼大雨
风是邪恶的帮手
风雨狂舞
如果不幸砸中了你
请记住
那只是人生的际遇
转瞬即去

（2023年6月24日）

# 盲道

一条颠簸的哲学之道
直行的凹凸
弯弯曲曲的圆点
都可以引导
黑暗的脊背
同样抵达
诗与远方

（2023年6月28日）

## 一场形式主义的演出

形而上的玄幻
形式主义最不屑

模块化的剧本
程序性的彩排
那些谄媚式的微笑
就像烈日下的向日葵
有一些投机取巧

一场形式主义的演出
把心中的渴望

91

诠释得淋漓尽致

（2023年6月29日）

## 焦夏

五月的周五
地面没有一丝水蒸气
跌跌撞撞一周的人们
即将回笼
眼前晃来晃去的
行色匆匆的脚步
夕阳不倒
地面是凌乱的身影
漫长地交织
每一块瓷砖
或者幕墙
都刻画着一个太阳
热情过了火
理智只有躲着

（2023年6月30日）

太阳云与绿皮火车

## 如果

如果你想飞扬
请放下心中的疑虑

比如吊在身上的流言
不管风朝什么方向吹
拥抱就好
就像垂柳拥抱离别
风筝在高处瞭望
要什么天长地久呢
我们彼此遥望
眼里还有光，就好

（2023年6月30日）

## 小草的选择

有的小草，卑微低过地平线
风起的日子，只能飘摇

有的小草，被命运压缩为灯草
黝黑的外表，在油腻中腐掉

有的小草，雷击时选择燃烧
终究化成一道光，一路去点亮

（2023年7月14日）

## 厄尔尼诺发疯了

天空没有一丝云

它们都歇凉去了
人间只剩烤箱

我被迫关闭部分眼眶
既挡住少许热量
也想关闭这人世间的烦恼

想一步跨过越来越松软的柏油马路
泥青味让意识晕眩
厄尔尼诺会不会发疯了

仿佛半截身体入了泥青汤
那些贴身的烦恼丝
迅速一拔而光

（2023年7月16日）


## 风是情绪的影子

影子代表太阳的情绪
风是情绪的影子

来自太阳的风
仿佛像一个人
一样有喜怒哀乐
一样要过春夏秋冬

你看不见风

阳春三月，垂柳颔首
看得见，也摸得着

夏雨的狂暴，天地万物都为风折腰
这也看得见

秋天很萧瑟，秋风的情绪很不高

冬天很凛冽，北风是最大的帮凶

你所有的情绪都看得见
我不管风朝哪儿吹
只努力捡起掉了一地的影子

（2023年7月17日）

## 夏蝉不语

总是站在灵魂的高度
没有烟火人间
侵蚀

人间的轻盈和沉重
用腹语传动

氛围就像空气
什么也看不见，摸不着
只感觉到窒息

当知了停止鸣叫
人人都噤若寒蝉

（2023年7月19日）

## 格斗

当树枝与木棍变为工具
青铜器可以嗜血
货币钱币成为交易

躯体与躯体
速度与力量
蛰伏为点状
比如在舞台，偶尔在赛场

当格斗化为权力
胜负来自钱币
春夏秋冬都不重要了
我们的格斗
堕落为思想的交流

（2023年7月21日）

太阳云与绿皮火车

## 大汗淋漓的大暑

天地之间
还有人间
去支起一个大烤箱

晃眼的太阳
只能通过地面折射斜望

大汗淋漓的
有时是大暑
有时是
梦想破灭后的惊惶

（2023年7月23日）

## 等待

等待是渔翁释放的饥饿
时间提前放起了狼烟
路人耳熟能详的面孔
或者焦虑的冲突
比如心仪的人儿
在心中还无法定位
满足之何

97

期待
下一场饥饿

（2023年7月28日）

## 平衡木

在最标准的独木桥上
杀出一条绝路
辗转腾挪
比如地平线上的圆满
突然想到初升的太阳
要争取跳得最高
也要争取落地最稳
就看怎么取舍

（2023年8月5日）

## 双杠

速度与力量
是两条相杀相爱的平行线
所有的欲望
都被锁在
地平线以上
观众视线以下
我不杠别人

太阳云与绿皮火车

只杠自己

玄思

（2023年8月5日）

## 自由体操

方寸之间
做一只辛勤的小蜜蜂
把音乐自由踩在脚下
边框是不能触碰的底线

（2023年8月5日）

## 读刘人岛画

国画写意据说很潦草
像外科医生急就的病历注脚
或者，大概，差不多
比如天马行空
中国版的《日出·印象》

刘人岛是一只逆光的工蜂
在暗黑中打捞美丽
把像素、焦点、影像
和中国的传统搞了一个
立体杂交

比如油画般的工艺
会唱歌的大红大绿
呆萌的花鸟
熊猫花花的微笑
江山如此多娇呵
是大美中国的妖娆

他拿着雕刻刀
五彩如炬的目光
一笔一画
打造很中国的地道

（2023年8月11日）

## 当钟摆突然停下

时光开始一帧一帧地步行
耳边的风，像情人一样呢喃
阳光很炽烈，并不只照我一人

一阵秋雨，飘来一些寒意
树抖落了情绪，陈列一地

客厅的小木凳上，有时是年少的儿子，端坐
有时仿佛又看见过世的奶奶，禅修一般

行色匆匆的日子
噪声从屏幕上溢出

除了血管中流动的欲望
一切仿佛视而不见

当钟摆突然停下
我似乎看见小时候的我
摇摇晃晃地走过来

（2023年8月25日）

## 仰望天空，与大地平行

只要把身子安放在地平线上
天空顿时高远，蔚蓝没有隐藏
世界开始缺乏界限

有阳光的加持
每一片树叶都活得很通透

每一株小草，或者花朵
都是你平行的朋友

飞机的轰鸣声和秋蝉一样和谐

这夏末秋初的每一寸阳光
都值得被收藏

（2023年8月27日）

情思

## 重逢

你的眼眸像一首好诗
每读一遍都有新的意思

那天你噘着小嘴转身离去时
年轻的我却无法再读懂这首诗

心的泪水溢满无望的眼睛
母亲叹息：孩子，要哭泣就让泪水流吧

雪地的黄昏里
南国飘来的彩巾
重新融化我那颗冰冷的心

你把秀发一角轻轻咬在嘴里
目光满是热烈满是期盼

我呼吸你的泪光，你的气息
哦，相思原来从未停止

从此
寒冬、风雪我们同分
春日、阳光我们共享

细语暂时分离

太阳云与绿皮火车

诉说终身相依

（1992年9月11日）

## 关于你

把你放到红尘中
用世俗的天平
打量打量
你也许
并不那么出众
甚至有一丝残缺

在我眼里
你是轻轻的鹅毛
不仅俘虏了
我的心弦
也带动了我
脱离地心引力

祝福的话
化作黑暗的光
虽然混浊
有可能直抵君心
幸福无须他人评价
你飘在这地球上
自在就好

（2020年9月17日）

## 形式主义

把口罩推到眼睛挡光线
小睡一会儿
或者把口罩推到下巴
大口地吸烟
走过珠宝一条街
对有的人来说
这是一条富贵路
对一个小孩来说
不如走过一条游戏街
对一个农民来说
也许不如走过田间阡陌
对内容来讲
这些都是形式主义

（2021年2月8日）

太阳云与绿皮火车 ●

## 那个久不联系的你

那个久不联系的你
一场轰轰烈烈的亲密

就像蒸发了的水蒸气
天地间没有了你的痕迹

106

他人的嘴里没有你的消息
默默打开朋友圈
仔细查看
没有你踏勘我心灵的痕迹

曾经自以为的一段传奇
被时光冲刷为
一堆乱泥

（2021年8月11日）

## 起舞的蒹葭

最柔弱的芦苇
有白露的洗礼
已经不再随风摇曳

曾经的在水一方
已经不再是远方
伊人
就在耳旁

你有你的大鹏展翅
我有我的情诉衷肠
这秋色的浓
敌不过
彼此的靠拢

（2021年10月2日）

# 记忆

钢笔睡在笔记本电脑身上
合成出一种叫作爱的关系
仿佛擦肩而过的星辰
是光速留给彼此的记忆

（2022年1月7日）

# 烧烤

炭在烧
人心如火苗伺机而动
一团炉火
燃烧了两个人的心思
脸红并不代表喝酒
或许是荷尔蒙在跳舞

据说秀色可餐
入嘴的却全是虚无

一寸一寸的光阴啊
太短小了，譬如沙漏
漏掉了麻辣酸甜
留下的才是故事

（2022年1月13日）

## 岁月的绿皮火车驶过心头

只要栀子花的幽香弥漫枝头
岁月的绿皮火车就驶过了心头

比如熙熙攘攘的站台
人头起伏的麻花辫

比如习题集内
一片精彩的嫩叶藏在答案里

猛一回首，太阳花
也会瞥见你长长的睫毛

不如望着窗外
闭上眼

只要栀子花的幽香弥漫枝头
岁月的绿皮火车就驶过了心头

（2022年4月6日）


## 天坑

我的思念是一块石子

经常掉入天坑的鞋底

如果你心如止水
我的波涛汹涌
能否合成？
一圈一点涟漪

我没有用超声波
你的爱情频道
是否封存了屏幕？

你是我的坑
准备埋葬我的爱情

（2022年5月5日）


## 我听得见心下坠的声音

夜是真的黑
树间的灯照不亮回家的路

所有的一切都静止了
我听得见心下坠的声音

小雨才淅淅沥沥
我的心早已泥泞一地

人生总有

意外的心跳不已
想把瞬间做成琥珀，凝聚成永恒
可每一滴眼泪却在诉说，太多的不容易

只愿拥抱你的笑靥
那些带盐的泪滴
让我独自品泣

（2022年10月28日）

## 遇见

遇见过稀奇
也遇见过欢喜

遇见你
仿佛蹚过一面镜子
我洞悉了未知的自己

纵然看透了生活的真谛
却永远与残缺周旋不已

我上路了
不为什么
只为遇见

（2022年12月13日）

## 照相

作为小孩的我是不喜欢照相的
因为小脚的祖母说
每照相一次
魂魄都被摄走一分
小小年纪就懂得十分养生

长大了还是不喜欢照相
被人摆弄的滋味儿
那不是我自由自在的本意

年过半百了
我害怕摄影机里收藏的
都是枯枝败叶

美好的时光
我都留在心底
每一个画面都可以自我设计

（2023年1月3日）

太阳云与绿皮火车

## 酒

酒是一种借口，或者一种暧昧

对自己或对他人

达到一种刻度之后
自己哈哈大笑
或看涕泪涟涟
基于借口的剧情需要

对他人
说出想要说的话
伸出一直不敢张开的手

酒杯里装的
不是酒精
是说不清道不明的情绪

（2023年1月13日）

## 变脸

喜怒哀乐的热带鱼
本来深藏于大海的心里

飓风，搅动人生的挫折
总在海面呼来呼去

大海的情绪
只能用浪花来表达

这千姿百态的波涛
在合奏一曲变脸的舞台剧

你绘出了我的情绪
我把最好的一面
裸露给你

（2023年1月16日）

## 偏执

人生似乎只有起点和终点
这两点之间
你用故事来演绎一条直线

那些偏执的人儿啊
总把生命过成了一种闭环
已经纠缠不清起点和终点

遇见你就是遇见她
在不同的时间段
我们都在合奏
一场潸然泪下的故事

（2023年1月20日）

太阳云与绿皮火车
●

## 生日快乐

甜蜜的蛋糕
跳动的烛光

你熠熠生辉的顾盼生辉
在如痴如醉吟唱生日快乐歌

给生活做切片吧
把岁月切成一份一份的甜蜜

生日快乐
是最大的公约数

那最美的一刀
挥给一年中最光彩的一天

（2023年1月20日）

## 重逢是首诗

不需要太多的铺垫
比如假心假意的酝酿
那些没盐没味的寒暄
重逢时都登不上台面

115

重逢是首诗
简短直接，可以直抵内心
可以浅吟低唱
或者排山倒海

用最隐晦的语言
表达最原始的欲望
岁月静好的日子
需要你回头参与

重逢是高潮的高潮
他乡遇故知

（2023年1月20日）

## 我们都是彼此的诗与远方

大海一遍一遍把心事
吐露给追逐浪花的人们

人们却在追踪夕阳
勾画自己越来越膨胀的身影

并不在意浪花的示意
秘密被斜晖踩在脚底

我们都是彼此的诗与远方

太阳云与绿皮火车

幸福就像海水舔舐脚底
沙滩在塌陷
仿佛被褪去的浪花拉回
时光的过去

海风轻浮
肆意撩拨每一个人的心

（2023年1月21日）


## 心中有梦皆是远方


远方是一场做不完的梦
如果我只有一支笔
我会一笔一画地
把远方
画成一首一首的诗

如果允许我歌唱
我会一字一句地
把远方
织成一首一首的歌

如果什么都不允许
大脑里的远方
就有无限的想象

心中有梦
皆是远方

（2023年2月9日）

## 情人节的子弹

情人节还未露出头脸
花店的厨房
煮熟的玫瑰已整装待发

玫瑰是情人节的子弹

看不见的硝烟
多巴胺在驱赶
欲望的念头
起承转合
在路上

让子弹飞一会儿吧
击得中的
已把心扉敞开

（2023年2月10日）

## 情人节的进化

两颗靠近的心
本可以赤诚两千年

被赋予特殊意义的一天
渐渐堕落为交换的狂欢
虚无缥缈的数字标签
各自盘算

千万束玫瑰附加的浪漫
今晚是否可以冲淡一点高加索硝烟

我们总在春天种下期盼
大雪纷飞之日
收获的，往往只有孤单

（2023年2月14日）


## 情人变了节

有情人的日子
就像有阳光
可以天天晒一下

后来时间越来越快

119

爱的阳光被浓缩为一天
情人节

不得不把一年的相思
压缩成一句情话
一饮而下

（2023年2月14日）


## 在成都的同学会


我们都是浮萍
阴差阳错
淌上龟城同一趟水流
一困就是半生

当春天还在酣睡
我们纷纷从平原
聚集到熟悉的高地

不在意的，是新欢
叙的是旧情

就像杯中的老酒
遇上烟火阑珊闪耀
是故乡小芳的期盼
还是你曾经的眼

（2023年2月17日）

太阳云与绿皮火车

## 鲜花如霜站满屋檐

西子湖边无心的回眸
一颗有意靠近的心
却从此紧跟

白玉兰张嘴的日子
是少女含苞欲放的欲拒还迎

几个冬去春来
有疼痛，也有期许

如今，鲜花如霜，站满屋檐
遥望一地骄傲的金灿灿
或许就是我们今生的缠绵

（2023年2月26日）


## 二胎

独生的儿子，瓜熟蒂落
就像掉落的果子
穿堂风而去，时常不见踪影

宽敞的玻璃大平层

儿子留下的小花猫
是房间唯一还在移动的东西

有时它安静地躺在沙发上
仿佛成了家居
有时兴奋地窜来窜去
淘气包摔坏了东西

父母大声呵斥
叫出的却是儿子的名字

据说90后，不再盼望儿女双全
好歹猫狗双全
也算二胎

（2023年3月1日）

## 我们彼此都是对方的司机

不管三七二十一
四月天据说世间最美
我们彼此当了对方的司机

这一辆车从来都没有停下
有时，驾车的人是你
徘徊的是我
有时，你踟蹰不前
我不等夕阳西下

催你笑谈华发

更多的时刻
我们的粉丝是星辰，是夜空
它们在见证，共同驱驾

我有我的原则
你有你的方向
这一切都不重要
只因我们一直在路上
我们彼此都是对方的司机

（2023年3月4日）


## 惊蛰的滂沱大雨

父亲在电话那头剥离
母亲病情的点点滴滴

惊蛰时分
一根电话线
拉响了我的自责

今天是父亲八十岁的生日
他要推着七十五岁的妻子
去医院唱生日快乐歌

我在电话线的另一头

123

为所谓的理想
疲惫一地

把祝福两个字折起来吧
一声春雷
我内心的滂沱大雨
开始下个不停

（2023年3月6日）

## 攀越墙头的美丽

鲜花攀越墙头
只为美丽地坠落

作为春色的一部分，不想被关住
每存在一分钟
就要展现最美好的一面

从小有太多的被嘱咐
当我亭亭玉立
那些清规戒律又绕梁三圈，声声入耳

努力越过理想的门槛
在高处
宣示我的激昂

（2023年3月7日）

太阳云与绿皮火车

## 巴山夜雨

一场夜雨，不知疲惫
为我们的相会，提前布局
削落人世间的尘土，以及空气中
种种怨气和猜疑

你离开后的日子
雨水一滴追着一滴
从天而降，或者被树枝半途而废

我在夜色中拨亮台灯
光的身后仿佛有你明眸善睐
夜色无边，把我死死按在春思的台阶

高楼林立
你在云中被夜色笼罩
调皮的春风，是否单独和你嬉戏

巴山夜雨
不需要涨秋池
我们彼此都在凝望夜色
沉默不语
雨水帮我们诉说心意

（2023年4月5日）

## 橡皮筋

就像我俩的感情
捆扎在一起
绝对是安安静静

当我们各自用力
想找回自己
每一步反方向
都疼痛不已

爱把我们拉回在一起
再次拥抱的时候
彼此的张力
成了永恒的记忆

（2023年4月11日）

太阳云与绿皮火车

## 爱意迷失在你的发香

夕阳越过林间
风让你的长发飘飘
酒窝荡漾，嘴角上扬

你看着我，我盯着夕阳

126

无边的夜色，掩不尽无穷的期盼

我小心拥你入怀
爱意迷失在你的发香

屏住呼吸
怦怦的心跳
我们都为之骄傲

真想把时光赶在一旁
我们彼此虚度对方

（2023年5月5日）


## 复习对你的思念

下雨天的夜晚
雨点亲吻树叶的心尖
一点一滴的想念
滚落在玫瑰边
这无边的浪漫

你躲在星星的下面
在夜色的另一边
我遥望天际
映红的天是你害羞的脸

不要让我太挂念

思念堆积的雨水
像小河涨水泛滥

雨夜的我
有一张安静的脸
我坐在台灯边
开始复习对你的思念

（2023年5月9日）

## 一颗心的距离有多远

虽彼此面对屏幕
我仿佛听得见你的心跳
因害羞涨红的脸
隔空都有灼热的体感

酒醉黄昏，雨打芭蕉
幻想此刻的你
是不是一样孤枕难眠
答应我的，只有缠绵的雨点

我凑到聚光灯下面
只为抓住你的眼
上千只闪烁的星星
总有一个角落藏着挂念

玫瑰花盛开了

太阳云与绿皮火车
●

我们抹掉了距离
把心交给彼此
开始舔舐对方的秘密

（2023年5月16日）


## 特殊的日子

想对着屏幕说爱你
害怕玻璃切割了我的爱意
想跋山涉水
手捧玫瑰
又担心梗刺了你的心清如水
还是默默在心中种下祝福吧
愿你烛光前的期盼
待月光流淌
全世界都铺满大理石
广袤的星空下
你双手合十

（2023年5月20日）


## 每一朵栀子花都是久违的老友

五月是为鲜花而在的
花园的栀子花
像久别重逢的老友

129

在你不经意的时刻

沁鼻的芳香

登入你的心房

一茬接一茬

有的独自孤芳

有的结伴怒放

我想起了海潮

想起了前仆后继的战士

想起了天涯海角的朋友

一年一度，从不食言

久违了

我的老友

（2023年5月24日）

## 中年是一只落单的蚂蚁

不再满是憧憬，满是设计

没心没肺的欢笑

在偌大的空间里，是抖音的格式

不可一世的大彩电，像过气的大叔

沉默不语

中年是一只落单的蚂蚁

在固定的行程，比如小区的花径

徘徊千百遍的十字路口

孑孑前行

院子里弥漫的栀子花香

像时钟一样准时

多年前那个像栀子花一样芬香的姑娘
已经跳出了记忆
自言自语，神色凝重
每天用勤劳麻醉自己

（2023年5月25日）

## 距离

夜色迷茫的时候
我和你
要么一颗心的距离
要么一棵树的距离
你看见树尖
指向着某一个人
我的相思
只能深深地埋在地下
等待着发芽

（2023年6月1日）

## 心跳得那么快

心跳得那么快
不知是男还是女
莫急
只要心在跳就可以

心跳得那么快
不知是金榜题名
还是名落孙山
莫急
只要在路上就可以

心跳得那么快
她的酒窝那么迷你
不知是否装得我的心事

心跳得那么快
揭开潘多拉的盒子
究竟飞出啥子

心跳得那么快
爱人的生命线快要拉直
你在那边等我
我们隔空相思

（2023年6月7日）

太阳云与绿皮火车
●

## 漫山的鲜花，只采撷一朵

十七岁那年的秋季
飞机轰鸣
压不住火热的表白

青涩甜蜜
弥漫在堆积如山的试卷里

记忆终像高考过后的试题
曾经刻骨铭心的画面
被汉水和珠江冲刷得七零八落
一直漂流到香江之滨

花儿总会重开
他乡同拾初忆

韩剧的经典画面
只能用爱亲手绘制

就像漫山的鲜花
只采撷一朵
足矣

（2023年6月18日）


## 越来越像松弛皮筋的父亲


年少时，父亲就像一张弓
他紧绷的神情
我就像站在弓下的那只小鸟

后来，当我也做了父亲
曾经坚毅如弓的父亲

越来越像松弛的皮筋

他说自己耳顺
我猜他的力气已经耗尽

一筹莫展的笑盈盈
其实我知道他放下了期待
重拾了无条件的爱

（2023年6月18日）


## 那时的笑意


只要窗外的树叶告诉我
小雨又在偷袭
忽然想起风姿绰约的你
在树下蹦蹦跳跳的身影
碎花裙
就像从林间漏在地面的阳光
幸福碎满一地
那时的笑意
雨水都淋不湿
窗外的小雨
你不要离开哟
树叶写满那时美好的记忆

（2023年6月20日）

太阳云与绿皮火车

## 夏已至

关于你的消息
总有一些温暖，慢慢累积
就像风从远方来
不期而至
比如你的气息
仿佛在汗滴禾下土
呼哧呼哧
夏至据说是
一年最阳光的一天
那些站得最挺立的人
是照不出影子的

（2023年6月21日）

## 爱在风洞

如果技术上可以
我想把我俩的故事
置于风洞里

对，就在你小时候躲迷藏的树林旁

让微风漫过我们俩的每一寸肌肤

或者一阵狂风
吹散那些虚伪的流言
以及彼此的迟疑

让爱跑出加速度
浮尘去掉
沉淀的是坚贞

（2023年7月2日）

## 草帽

人头攒动的菜市场
跳跃着一顶顶草帽
我都忍不住
打量草帽下虎背熊腰

三十年前
我的白月光
戴着一顶柏合寺草帽
脸蛋和草帽上的东方红一样红
步伐比高粱秆还要轻

每当在马路上飘浮过一顶草帽
驻足良久的我在想
阳光是不是还能够，
继续照耀

（2023年7月20日）

# 倒带

我们惯性往前
就像老式的磁带机
莫名被卡住了，需要重启

倒带是一种苦涩的回忆
比如你甜甜的笑容
含羞草一般地低下头
一叶扁舟
夕阳下，我们一起摇曳
决绝的离去，似两片树叶的凋零
那时，蒙太奇一般地翻页

如果爱因斯坦算出了时光机
我一定驾驶着它回到过去
切断你转身的轨迹

（2023年7月26日）

## 时光是一台粗糙的压路机

时光这台粗糙的压路机
我的自言自语
渐渐被挤压成一团乱泥

137

低沉的老屋
只有不断隆起的坟头陪伴
从屋内到屋外
基本悄无声息
鞭炮声
是树丛中的烟雾走漏了风声

记忆里的草垛，沟渠里的螃蟹
星空下的欢笑，慢慢远去
趁这白雪夜映弯月

有一些化作父母的鬓霜
还有一些
停留在我的日记

那些白字黑底
已经了无生趣
就像已经半百的我，前倾着身子
碎碎叨叨
一路打捞压路机的痕迹

（2023年7月29日）

## 午后夏雨

一阵疾风骤雨
刺穿盛夏午后闷湿的锐气

天空中的云心潮澎湃
雨刮器不断隔空在示意

两边的田野像放电影一样
记忆迅速撤去

匍匐前进的风儿
吹散了中年的倦意

你的秀发散乱一角
情人的眼里
盛满的全是爱意

（2023年8月6日）

## 醉酒

以醉酒的名义
来一场真心话大冒险

快脱下矜持的外衣
一口接一口
给自己找一个理由

酒是人性的试剂
言不由衷，说着人话
行动物事

（2023年8月7日）

## 冷漠

雪和山是一体的
山顶的白云据说也是一伙的
同伙都很干净
绝不超过两个
我只有和崎岖坎坷为伍
想去观赏别人
却互相成为对方的风景
被冷眼凝视的
是我的孑孓前行

（2023年8月7日）

乡愁

## 车过秦岭

列车过秦岭
车窗
一幅幅闪动的荧屏
不断更换的画面
令旅客们
无法理解
这幅西北的写意山水

列车犹如执着的蚯蚓
没命地往山洞里爬
山那边
也许就是他的家

或许是要赶着和远方的恋人相会
呜——
潇洒地抖落身上的积雪
连头也不回

（1992年12月18日）

太阳云与绿皮火车

## 访李劼人故居

就在芙蓉花盛开的地方

142

一条曲径却从花下穿过　　　　　　
春雨润物般
悄无声息
来到你跟旁

你正在那里静视远方
莫非又在期盼袍哥的到来
百年的思索已经太多太多
否则
身躯何如大理石般的执着

袍哥不再有
死水也欢歌
听
浣花溪边
却不是品茶的趣乐
思索
再思索

（1993年12月2日）


## 三寸金莲


从前，女人被缠了小脚
被病态的封建恶俗做了人生减法
她们从未翻阅过欧洲的繁华
不能去土耳其独自溜达
也没有香奈儿与普拉达

143

如今，人人脚下都装上了马达
别人的朋友圈给我们层层加码
我们醉心于手机屏幕里的喧哗
虚幻找寻被点赞的韶华
觥筹交错中重复自己都不相信的鬼话

她们在静谧的小山村一辈子安住
我们在喧嚣的大城市里终生流浪

（2020年2月13日）


## 丁真的世界


蓝天剥落的璞玉
在格聂湖溅起的一抹浪花
男孩丁真，被摄像机
拉出了藏地桃花源

丁真的世界很小
小得只剩下白马，白塔
寺庙与村庄
从来没有抚摸过轮滑
秀秀香奈儿与普拉达

丁真的时光很慢
时针被冰川所羽化
牛、羊、人

在草地上与阳光同床
最快的节奏
雪山下与朋友们赛马

丁真的世界很大
大得没有边界
那匹小马蹄下的芳草
已是天涯

（2020年12月1日）

## 大雪

在南方
候一场雪
犹如在等待
戈多
或者内心那个久违
又不可及的姑娘

有些像内向的风
悄无声息地来临
又不事张扬地退场

只留下
漫天的相思
白茫茫的怅惘

（2020年12月7日）

145

## 一个世纪的皱纹
### ——献给101岁的奶奶

奶奶就像一棵树
在民国的初年
颠沛流离被种下
庆幸没有被炮火勾划
三年困难时期
把成群的儿女拉扯大
百年的风吹雨打
倔强地
继续生根
不断发芽分杈
虽然
树皮不再一丝光滑
那每一条皱纹
都在诉说
曾经的芳华

（2021年1月4日）

## 穿越百度去踏雪

这蓉城的雪
扭扭捏捏

漫不经心
好似麻将血战到底
也绝不伤和气

这蓉城之雪
冰凉一座城
热闹了一群人
撩拨了众人心

这蓉城
阳光可以被遮住
雪花早晚被消融
喜乐与幽默
却从不落幕

去踏雪吧
最亲近雪的山路
地图被染成了红色的百度

（2021年1月7日）


## 诗人梁平


重庆诗人梁平
并不是梁平人
他说自己是地道的
长安厂子弟
魁梧的身材

147

爽朗的笑声
更像是梁山泊来的好汉
一边
大口吞下五粮液
两个飘逸的烟圈
在他的头顶
好似成渝双城经济圈
他是双圈的先驱

（2021年2月6日）


## 驿路的春


驿路驻足的
是浅吟低唱千秋雪的黄鹂
还是与青天对秀阵形的白鹭
迷失桃花粉红处

春天的
用逗号是断不掉的
至少一场三生三世
或者六道轮回
来演绎

（2021年3月17日）

## 跨世纪的奶奶

奶奶被缠了小脚，
因为晚清到民国的惯性
她的空间
至此就被包围在小山村
可她却跨越到二十一世纪
我问她秘诀
她说：情绪稳定
想想也是，她一生流过两次泪
一次是小儿子意外
另一次是伟人去世
并且
她大字不识

（2021年11月16日）

## 沙湾河坝

县城里与江面最同类的一块场地
柔软的沙子
包裹了太多坚硬的记忆
左右派互相残杀的痕迹
还有死刑犯倒下的背影
长江水是柔和的

沙滩也是湿润的
童年的记忆
被长辈浇灌了恐惧的砂浆
已经凝固

（2021年12月18日）

## 道明竹里

只有孱弱的小草
还在看古风的脸色飘摇

那些世上最大的草
也许就几个春秋的间隙
披着君子的马甲
心连心纠结一起

无论作为一片翠绿
还是几寸历史
瓦蓝的天空下
已横亘着灰色的无穷大

（2022年1月8日）

## 故乡的老屋

蜗居城市的老父亲

远方老屋低沉的号叫
如火串烧

偌大的小山村
炊烟的记忆飘散了
只见云烟的缠绕

重建修缮还是干脆不要
似乎已随心所欲的老父亲
纠结如房前屋后的茅草

是陪老屋一起变老，
还是随故乡一起消失掉？

（2022年1月9日）

## 唐朝雪

立春
残冬还没有来得及，
脱掉冰冷的外衣

沿着雪逃逸的痕迹
盘旋而上
把自己缩为雪山的一粒寿司

来，用你的手抓破历史
捧一把唐朝的雪吧

也许还残留着杜甫的一丝傲气

窗含是不够深情的
千秋的转换
只在此时

（2022年2月4日）


## 故乡


故乡山头疯长的
除了越来越茂盛的茅草丛
只剩下
一座又一座新筑的坟头

摇摇欲坠的
不止受风吹雨打的泥巴墙
还有看一下就想离开的
念头

曾经潺潺流水的溪沟
堂屋孤独的眼眸
已盛不下一滴泪流

（2022年3月3日）

# 白鹿上书院

那时，它一定是个另类
西蜀青砖碧瓦
放不下一个十字架

孤独的灵魂
在青山绿水中
安了一个异乡的家

战火，洪水
或者地动山摇
始终以隐者的身份出现

探索者
一身奇装异服
一百年，也储存不了多少荣光

夕阳下
少女的大提琴声
呜咽而落寞

（2022年5月2日）

153

## 青城天下幽

弯弯曲曲的盘山公路
是道家的心流

小汽车都怀装好奇的探头
给陌生化找一个切口

把尘事都暂时放下吧
阳光是无所保留的
绿色的空气
皮肤与树叶
每一个细胞都感觉很自由

（2022年5月22日）

## 家谱

家谱是一棵倒着生长的树

父亲像家族的生化分析师
把祖先血液的试管
吊线得很清晰

报告中分析

我的根在黄帝
据说是曾子的七十七代后裔
难怪我的语文成绩还可以

也许我母亲的母亲等与屈原有交集
常常有逆反的心理
时代已过去这么多年
进化论已经把我们打磨的圆滑无比
我不会学习他
抱着石头沉入江底

计划生育
几代单传
家谱这棵树好像风烛残年

（2022年9月17日）


## 赊刀人


一刀一刀
把过去现在未来的时光，
做成若干切片

然后打乱顺序
展陈在迷茫的面前

等提取预言的时刻
方知历史往往在不停地押韵

155

当目光盖不住远去的背影
心如刀割

（2022年11月2日）

## 想阆中

头在云阳，身还在阆中
传说千年来一直江上风清

如果张桓候身首异处属实
史书的那一页要蘸着鲜血来写

车轮终究是要向前滚动的
张飞与牛肉挂上了钩，
也许二者高度象形

保宁醋终于酸了
那孤灯野火的贡院
一江环抱的
应是离人饱含的泪水

（2022年11月9日）

## 巴金文学院的伴奏

巴金文学院
学做真人，讲真话
这些话镌刻在大理石里
整日被时光一遍遍打磨

门口徘徊的是卡萨布兰卡的电吹管音
那是一个老人在吮吸他的前半生

另一个老人正在用小提琴
把余生的时光分成四份
测一测剩余的寂寞

文学馆里有目光炯炯的巴金
时光已经坚如磐石

（2022年12月11日）

## 故乡

朋友回乡省亲
路过我家乡时
把乡情邮给都市的我

157

如果亲人健在
故乡就是海阔天空

如果没有亲人
故乡只剩一张图片

（2022年12月11日）


## 高光


快要废弃的祠堂
被改造为乡镇小学的礼堂

我被校长举过他头顶
这是他给我颁发人生的第一个奖项
就像芦苇丛
率先在风中探出了目光

高光
就在列祖列宗的沉默
同学的欢呼中
点亮

第一次为何难忘
也许之前没有记忆的遮挡

（2023年1月8日）

## 海南之风

海南的风是暴躁的
就像不听话的小男孩
叫嚣了一晚上
站得越高
喊叫声越大

海南的风是调皮的
美女的头发被拉直
中年大叔的礼帽被顺走
秃顶的光亮
和大海一样波光粼粼

海南的风也是温顺的
没有北方的风那么坚硬
虽然在强迫你
却没有刀锋在耳的感觉

就像你的母亲
风过之后
留下一地的是温柔

（2023年1月24日）

## 我的思念会不会变瘦

奶奶瘦小脚小，说话声音小
就像大山里面的一棵小茅草

您离开的时候
密封您的盒子都觉得太小

对您的思念，时光的推逝
也慢慢变得缥缈
再也感觉不到您小手的柔和

奶奶
您在地下还是那么瘦小吗

真担心有一天
我的思念也渐渐变瘦
瘦得只剩下奶奶两个字

（2023年2月3日）

太阳云与绿皮火车

## 元宵，第一口甜

第一次月圆之时
就像咬破元宵的第一口甜

只如初见
把最朦胧的
都交换给彼此的想象

时光往往是个捣蛋鬼
无言的结局
配不上轰轰烈烈的开始

峰终效应
是深埋在心海的记忆

（2023年2月5日）


## 磨刀溪


作为溪流，这条河只是下里巴人
难登大雅之堂

正如它的名字
或许只为了刀的锋利

作为水杉的发源地
曾经把化石拉回了现实

天下第一杉
有了这个加持
磨刀溪开始变得很有脾气

161

汇入长江
春水浩荡
把植物的历史送给四方

（2023年4月7日）


## 老街


老街还未衰老
街铺的卷帘门已经很久没有呻吟过了

只有空气中或多或少还混搭铝合金的味道

就像还没有来得及长大的姑娘
几场欢笑过后
残留的是死一般的寂静
以及准时爬窗的几滴阳光

年纪轻轻就做了弃妇
从前的砍价很慢
现在的骑手太快

（2023年4月11日）

## 猛追湾

大慈寺的武僧跑出了明代的加速度
张献忠杀人如麻，竟有难堪之处

不足百米的香香巷
装得下烟火人间三千年

春熙路太古里溢出的红男绿女
在望平坊边次第花开

面容似水波澜不惊
内心却在推演对方的连续剧

三百三十九米是城市的天眼
听说成都到华阳要县过县

嘴上说着为梦想生活
美食美景美女才是人间清醒

（2023年4月14日）

## 想西安

六朝古都，沉淀了太多的故事或人物

和肥沃的关中平原一同沉睡
千年

最高调的，犬牙的汉砖对视光滑的玻璃幕墙
穿越古今的日月都看见了

大西北的空气略显沉重
曾经的燕环肥瘦
已经不像西安的脚步

还是梦回大唐吧
一座城市也有站在聚光灯下的时候

（2023年4月15日）


## 萤火虫

天台山的夜
调皮的星星偷偷翻越到人间

童话的世界并不遥远
把少女编织的春梦倒入山涧

荧光飞舞，如梦似幻
人间正是四月天

每一只手持灯笼的夜空精灵啊
不见五指的暗黑

被凌波微步涂抹得五颜六色

梦想是一台光刻机
卑微尘埃的光
也能被镌刻成星辰大海

（2023年4月16日）


# 更


更蓝更干净的，有天空的高远
还有你自我放逐的心灵

白云朵朵，慵懒闲适
低得想主动吻你的指尖

草原在这里不再是草坪
是宏大的故事场景

赛格寺的色彩在唱戏
夸张得想诱惑你的凡心

勤劳的转经筒
是否藏得下宗喀巴大师的灵魂

粉色的少女梦啊，以背示人
更企盼碧空中展翅的雄鹰

（2023年4月18日）

# 无心蛙声漫天

黄澄澄的灿烂
扛不住春阳一遍又一遍的爱抚
纷纷蛰伏在田间

连绵不绝的麦浪
在企盼风吹一夏
蜿蜒小道串起
几缕袅袅炊烟

就让时光坐在你旁边吧
无心的小院

把喜怒哀乐
收藏至春夏秋冬的房间

踏着次第花开的节拍
千秋雪也寂寞不了
无心蛙声漫天

（2023年5月3日）

太阳云与绿皮火车

## 想云阳

只要筷头挑起几根鲜面条
就会想起流离的张飞庙
不知他是否还盼
思绪重回躯体的嘉陵江

想万里的长江
准备就此浩浩荡荡

想登云的步梯
是否真能穿越云巅之上

还有沉睡太久的恐龙兄
要小心翼翼的哦
把它的梦下载到课堂

绝壁的龙缸，狭长的地缝
龙洞流淌明月光
天一样大的坑啊，从不坑老百姓

三峡之上，天生云阳
一碗小面盛得下故乡

（2023年5月6日）

## 关于母亲的画面

小时候
母亲是你的全世界
就像一张白纸
浓墨重彩总是她的主意

长大了·
母亲看着你的背影
就像看着飘扬的风筝
总有一根心弦在她手中

再后来
你望着母亲不断前倾的背影
就像蒙太奇的常规画面
她慢慢淡出了你的视线

（2023年5月14日）

## 黑白的时光

父母的云端小阁
就像他们高龄
已经高处不胜寒
子孙要回家

就像老树开了花
整个小阁像树叶要发芽
刚参加完六十周年同学会的父亲
凝望着黑白的时光
此刻，夕阳西下
映衬灰白的头发
有那么一刻
我分不清谁是现实
谁是历史

（2023年5月17日）

## 黄龙溪

记忆里的黄龙溪
是海灯法师屏幕里的
一阳指
点不开
芙蓉镇的苦恋

一次又一次的拜访
才发现溪里是弯弯曲曲的数字
一湖两河三寺七街九巷
百年的古榕树
守望千年的码头
倾吞了赤水哗哗的记忆

三县衙门

169

据说是最早的共享经济
联合办公
请历史不要装作不认识

（2023年6月3日）

## 故乡被记忆拉扯得七零八落

朝辞白帝彩云间
故乡的印象是一线天

一线天府看沉默的长江
江面帆船点点

庞然大物
是东方红轮船

江渝、江汉、江沪的名号
代表小镇青年梦抵达的地方

如今高峡出了平湖
故乡被记忆拉扯得七零八落

（2023年6月7日）

太阳云与绿皮火车
●

## 被洞穿的龙泉山

作为东出成都的大门
时光穿针引线，龙泉山
被铁轨或者高速无数次洞穿

远古的猛虎搬家了
郁郁葱葱的森林
幻化为钢铁的灰烬

半山的梯田只种出饥饿
还是十万亩的桃花
在碰撞声中
下了水蜜桃的叫

明月朗照
各种肤色往来如织
在山脚
去赴一场关于东安湖的约会

（2023年7月1日）


## 桃花，终于坠落到入梦的地方

一座城市想在春天艳遇

深藏不露的是书房村

乱开的不仅是人心
还有储藏了一个冬天的欲望

岁月如同大写的时光
击打每一寸光阴的长

点点桃花瓣
纷纷被东安湖典藏

五湖四海叠加的欢呼
湖面此起彼伏荡漾

桃花
终于坠落到入梦的地方

（2023年7月11日）

## 想山东

青岛沙，威海风
孔孟端详，日出泰山印象
似乎都曾出现在我梦中

据说山东是所有姓曾的故乡

也可能是千年前的花苞

172

等待今生
种一片诗意的花园

（2023年7月11日）


## 那些扑向幼苗的镰刀


镰刀很老
老得好像没有力气了
镰刀也很旧
斑斑的锈迹
似乎农夫青春的记忆
现在快被遗弃了
唯一惦记它，是铁匠贪婪的目光
重生不应是满腔的怒火
同样像幼苗弱小的，
镰刀却扑向孱弱的幼苗
是的
它的内心和幼苗一样孱弱
它的目光和锈迹一样卑微
当卑微遇见无边的愤怒
割断了，大自然的
绵延

（2023年7月12日）

173

# 老屋老得让人心疼

众多亲人已经上路
老屋还在独自断后

四十年前，爷爷走到土里
三十年前，幺爸去照顾爷爷了
然后是婶娘，她为何不排队呢
奶奶最瘦弱，却阅完了百年老屋的模样

那些尚能活蹦乱跳的
纷纷走了四方
每隔经年，整齐跪拜
老屋不动声色打量沧桑

外面的世界太大了
原来生我的房间这么小
房顶上的几匹亮瓦
想起了邻家女孩曾经闪亮的眸光

老屋老得让人心疼
北风吹得冒充窗玻璃的塑料纸
嘶嘶嘶响
同时呜咽的
是离人的心房

（2023年7月13日）

太阳云与绿皮火车
●

174

## 两个空间穿梭

我似乎在两个空间穿梭
线上是彩色的企鹅
就像橘子堆的表面
比如成都的国际城南
又大又圆
把荣耀传递给远方的父母
以及村里的二娃
心脏和手机一样发烫

线下的我，像灰色的企鹅
潜伏在九眼桥旁
用伏特加，品三花
冰凉的孤独似千秋雪
送给薛涛做书签吧
我的背影转给我自己看

白天黑夜是两个时段
我的心分属于两个空间
穿梭的焦点
就在
火车南

（2023年7月18日）

175

## 布拖少女

爬满全身的银锭似乎沉重
只为呼唤一颗金子般的心
你嘴角是上扬的
像西昌月不知疲惫
为了这惊鸿一瞥
我似乎轻装上了阵
踩一踩脚下这土地
夜色中的乌云
对风耳语了些莫名的忧郁

（2023年7月23日）

## 焰火东安湖

纵然长安三万里
如果穿越龙泉山地
这夜色的璀璨
难道是数不尽的飞天蜡炬
杜甫一下丢了魂
李白直叹气
真把我比下去
高适已不能自律
知章老头儿语无伦次

太阳云与绿皮火车

王维瞟了一眼
转身离去
只恨折了道行
张旭提起狂草的笔
蘸了一点微光
在烟波浩渺的东安湖
舞了一个大大的拇指

（2023年7月23日）

## 五凤溪口

立起来是峰
卧倒就是凤
半个成都的酸甜咸辣
曾在岁月中流淌
一个水码头
就是江湖的一个小切口
如今
狭窄的身板和古街一样狭长
喘着粗气的老火车
就像夕阳下的老溪口
已带动不了岁月的节奏
岁月静好
找一个安慰自己的理由

（2023年8月5日）

## 方圆之间

只要一看到方与圆
太阳神鸟仿佛在心头穿梭
未来城的码头
已经堆放不了
五颜六色的友谊
东安湖低调的匍匐
面对皑皑的雪山
高耸的蜀峰
强压住一些沉浸吧
漫天喜悦的焰火
是一千年的浅吟
人心乱开
为何非要春光烂漫

（2023年8月7日）

## 故乡的河坝

长江之所以叫长江
因为几条大河，
可以手拉手去把赤道溜达

故乡的河坝

只是长江生长的一丝头发
对我来说是童年的家

县城依山垂立，永远打不起身子
故乡的河坝是稀罕的平坝

那里有童年的嬉戏
还有大人恐听
某某罪犯，在此脑袋搬家

高峡出了平湖
故乡的河坝像一朵浪花
流入三峡大坝

偶尔夜深人静
一盏盏昏暗的路灯
恍惚飘过
那个被砍头的罪犯
脖子上留的大疤

（2023年8月9日）

乡愁

179

生命

## 致科比

如果再也见不到你
祝你早安午安晚安
朋友圈飘来了你坠亡的颤音

洛杉矶凌晨四点的点点繁星
再也照不亮小飞侠跳投的身影

一生对抗地心引力的黑曼巴
最终却被地心引力带走

难道是嫉妒你才华的恒星坍塌
还捎带上你最爱的吉安娜

唯有
8号与24号的黄色队衣
还寂寞地躺在
篮球的心房里

（2020年2月5日）

太阳云与绿皮火车

## 如果有来生

如果有来生

愿天际点亮一盏明灯
牵引我前行的初心
世人的眼光
永远追不上我行走的梦想

如果有来生
愿上苍赐予一地方
爱人共享亲密时光
鲜花与掌声
囚禁不了我有趣的一生

如果有来生
愿人潮人海的尽头
留几人陪伴我左右
天涯与海角
那不是我们疏远的理由

如果有来生
愿不断驿动的心
尽情拥抱自己的灵魂
繁杂的喧嚣
只能充当我实诚的伴音

如果有来生
愿笑容化成一束光
撩起我的脸庞
抵挡黑暗的侵蚀
在燃烧的呐喊中永放光芒

（2020年2月25日）

## 在华西医院

五颜六色的花朵
却追逐这白的底色
来祈盼，来修理
就像所有的光
汇在一起
就成为
一束白光

（2020年9月20日）

## 亲情是一条随时可以决堤的河

电话的另一头
七十岁的老母亲
哭泣得像个小孩
电话线好像也被淋湿

毫无章法的死神
几分钟切断了她与姊妹的亲情
比起她爸妈的离世
这一次
母亲不再强忍着眼泪

她的眼泪

太阳云与绿皮火车
●

仿佛淹没了已年过半百的我
那一刻，我想
所谓亲情
不过是一条随时可以决堤的河

（2021年5月6日）

## 轮回

如果有轮回
来生，我不愿变成一堆岩石
没有成长

我也不愿变成一棵大树
纵然英姿挺拔
没有行走的理由

即使是变成一只猛虎
我也不愿意
没有灵魂地奔跑

来生，我还是愿意重做一个人
男女都行
有选择和决定的自由

快相互依偎吧
我们都是对方的礼物

（2021年5月30日）

## 如果还有来生

如果还有来生
我还是想变成现在的我
只盼望早一点转世
以免我俩都成为平行线上的寂寞
我急切地到来
只为相交那一刻的回眸

（2021年6月3日）


## 悼傅天琳

疼痛如霜降
不期而至
温暖总要面对寒冷
你播下的童话
现在才发芽
你走后的果园
也慢慢在长大

（2021年10月23日）

太
阳
云
与
绿
皮
火
车

# 你是我的眼

阳光明媚的下午
神志不清的奶奶对着晴空
发出秋日的私语：
怎么很久不见四眼了呢
四眼是我们村唯一戴眼镜的男人
眼镜加上他的两只瞎眼睛
二加二等于四
后来我有了文化
明白了这叫作借代

四眼会拉二胡
据说还开了天眼
他拄着竹杖为我们全村算命
小时候我也拉着他的衣角
充当他的竹杖和眼
有时他会从中山装的口袋
摸出水煮鸡蛋
上面还沾着叶子烟
多年以后我才明白
这是我的奶奶送给他的

据说他有一个大哥
也许在哪里修铁路
唯一的一个兄弟和自己儿子吵架
喝了一大罐农药

一命归西

其实我想告诉奶奶
四眼也没有算准自己的命运
村里人说
有一天，他躺在一条小路
满身布满了苍蝇
不远处是狂吠的狗

（2021年11月12日）

## 这是不是最后一个冬天

一根枯树
不是长在草原
而是躺在了床前
我理了理思绪
这就是老妈的眼前

她目光里满是歉意
"活不能活
死不能死
这是不是最后一个冬天？"

我的手紧贴她的额前
"哪怕这是最后一个冬天，
我也要让你感受春的温暖"

（2022年1月11日）

# 我幻想过一万种离开的方式

明天或者意外
永远无法竞猜哪一个先来

幻想过一万种离开的方式
比如，一阵龙卷风，或者一颗小螺丝的松动
从飞机到达地平线
生命就定格了

从天而降的一块坠石
或者迎面的汽车相遇
如果场面还不够惨烈
一场山崩地裂，或者溺水

即使什么都不做
还有那无孔不入的空气
几个小小的病毒

或者有一天
世界一言不合
枪林弹雨抹去太多人的姓名

我只想成为花园中的那棵树
慢慢放弃最后一片黄叶
在时光的余额里

斤斤计较

（2022年1月15日）

## 当你骨灰似烟花般盛放

最后来一场体面的告别吧
从来只相信脚踏实地
只因没有飞的本事
死也像草芥一样默默无语
把自己还原成分子甚至原子
与火药相伴
砰的一声
似烟花般盛放
这次我真的在飞翔
是暗黑中的高光

（2022年1月28日）

太阳云与绿皮火车

## 被摁在碗里的魂灵

兼葭还未苍苍
白露已变节做霜

五花大绑的
只能是沉默

那些被摁在碗里的魂灵
亦步亦趋
去讨寻一个
活下来的洞口

（2022年9月7日）


## 隐入尘烟

一粒麦子的使命
隐入大漠的尘烟

那些春天里被梳掉的花草
在颠沛流离中相互搀扶

没有玫瑰的芬芳
只把麦穗刻入你的梦乡

麦子能对镰刀说什么呢
风吹过麦田
你的大手抚过我的脸庞

（2022年9月8日）


## 独行太空

如果真有某一天

小行星不可避免撞击地球
我不想做怕死的土拨鼠
拼命钻进地球的心窝
让我独自载着自炸的飞船
逆光飞离地球
我心爱的人儿
对着我的背影，独自泪流
打开全球直播吧
我这个现实中的窝囊废
在地球毁灭一刻
争取做一次顶流
然后
化为天边的一颗星
默默看着地球

（2022年10月12日）

## 风烛残年

她一遍一遍地哀嚎
呻吟声蘸着痛苦
翻身的力气
全靠子女的偶尔给予

室内灯光灰暗
和她的脸混沌成一片

她是一寸微弱的烛光

太阳云与绿皮火车

进出她的卧室都必须小心翼翼
担心墙角一阵微风
绞杀了这最后的微弱

这微弱的微弱
已经延缓了不知多少天

生命仿佛很脆弱
从熄灯的时间来看
似乎又无比坚强

（2023年1月15日）

## 土耳其的泪滴

浪漫的土耳其
只躲藏在歌声里

东西方碰撞的罅隙里
土耳其是一只受伤的小老鼠

和夜雪同样悄无声息的蓝光
被山崩地裂，切割得心碎一地

这是地壳对人类的犯罪
我们只能默默地忍受
远远地逃离
尖叫，呼叫，祈祷

193

抵不过大地的咆哮

这一刻
以战栗之痛
吻却离别的心头肉

土耳其的泪滴
一点一滴还给了地中海的叹气

（2023年2月7日）


## 我在黑暗中等待电话

我在黑暗中等待电话
电话的那头
一条毒蛇正在撬动尾巴
随时把毒液喷给另一头
无处安放悲伤的我

这通电话是关于她的死讯的
就像太阳会从西山落下
她也会模仿这个动作
从地平线上一头扎入地平线下

目前并不知道电话什么时候响起
就像刻画在沙滩上的几个字
癌细胞会随时抹掉她的痕迹

太阳云与绿皮火车

如果
电话声在此刻响起

我会和她做一个温暖的告别
告诉她
你暂时躲到异度空间下

某一天铃声再响起
希望你
第一个重新站立

（2023年2月18日）


## 诗歌去了天河
——悼念石天河先生


天上的河一样伤春
选择在春天流泪

今夜，卫星湖定然荡漾着点点星光
是莘莘学子的眼泪
还是您呕心的诗句正集结成行

在春天
当诗歌化为星星时
我们一起，目送您去远方

（2023年3月13日）

## 亲情被泪水不断复印

在米仓山，在南台山陵
一颗颗事关亲情的泪滴
似巴河团聚
去赴一场永不回头的别离

雨被春天切得细如发丝
仿佛手握你曾经的善意

此时，亲情被泪水不断复印
那些旧得泛黄的寸时光
像精准的点滴
转念就是一世纪

请奉上你们的鲜花吧
因为我一生只崇拜美丽

请收起你们的泪滴吧
我心光明，亦复何言

（2023年3月22日）

太阳云与绿皮火车

## 端午，那些自由落体的灵魂

正午之阳

日头最高
最桀骜不驯的反抗
屈原，梁济，老舍
要保持最后一丝颜面
自由落体不仅是灵魂
只有滔滔的江水
才能彻底涤清心中的愤懑
让江河为证
山川可鉴

（2023年6月22日）

## 急诊

八爪鱼平摊在盘子里
你怀疑自己是不是尸体
强烈的光束洞穿瞳孔
有人在比较钳子和皮肤的硬度
氧气孔呼哧呼哧
不一定是人在呼吸
一堆探测头似乎要深入灵魂
想挖出腐烂的具体组织
想起不久前去世的母亲
最后一刻
她突然摆了摆手
意义在此

（2023年7月7日）

# 诗从何来
## ——《太阳云与绿皮火车》跋

### 凸凹/撰

在诗界好些"圈里人"那里，生于渝、居于川的 70 后诗人孜格的名字，可能还有些陌生。可他还真算不上新手，早在 20 世纪 80 年代中后期，少年孜格就得到了缪斯的眷顾与青睐，并在 20 世纪 90 年代初的川渝诗坛赢得了自己的一席之地。由于得益先前的经历和业绩托底，又在近几年井喷似地出产有数百首诗歌作品，我们有理由指认，他是一名完全够资格归为诗坛"归来者"一族的新成员。

归来后形成的作品资源，令他满血复活，他必须做一件事来呼应久违的感觉。他从他的资源库中精选了近三百首短制，结集为《太阳云与绿皮火车》。这是他即将付梓的处女诗集，也是他断断续续三十多年耕耘一亩三分诗歌田地的最新收获。在此，我谨以为其作跋的形式，向诗友孜格呈上最美好的诗歌祝福。

诗集由四个板块构成，"情思""乡愁""生命"三辑，对应收纳了与辑名有关的作品。余下的占总数近半的作品，归位"玄思"。

孜格的诗是用清流造的句，内中跟流的那些与清流一样透明的硬物，是会思考的石头，而芦苇、水鸟与鱼，则是他在诗中频繁提行分段留下的白。

字而句，句而行，行而诗。通读《太阳云与绿皮火车》，我老在想，作者是如何在一张一张白纸上，按这个三段式渐进

太阳云与绿皮火车

程序，完成一首一首诗的。换言之，他的诗，从何而来。我以为，从来处、诗艺、解构、言志、远方五个地方来。没有这五个地方的各各多向注力、蒸蒸合龙共情，生发不出《太阳云与绿皮火车》。

## 诗从来处来

这里的"来处"，指的是诗写题材。有什么样的题材资源，就有什么样的诗歌内容和作品主旨，就有包括地标、时间、对象、情感等在内的下笔的可能附着。

至于诗集中有些什么题材，翻开书，浏览一下目录就知道，它的四个板块"玄思""情思""乡愁"和"生命"已然开诚布公、一目了然告诉了我们。"情思"呈现了作者与"你""父亲"等之间的情感交集；"乡愁"表达了作者对故土、亲人、旧时光和青春等的怀念；"生命"以时间为背景，在以作者自己和同类为样本的研究中，书写了对病毒、身体、生死、生命的感受、理解和大彻大悟；"玄思"涉及的题材颇为宽泛，物候、动植物、建筑、时尚、时事、旅游、风物、山川大地等古今中外万象，尽在其中。

其实，熟悉孜格又心思缜密的人会发现，按照他诗中出现的"直线""对角线""抛物线"等线条，把上述题材安置到位，正是他人生经历、学用经验的汇合与复盘。

"阳光如此耀眼 / 感受到地球还在旋转 // 把身体重新拉成一条直线 / 万物都开始眯眼 / 这是真正的春天 / 一条蛇的宣言"（《春来了》）——这是他的"直线"。

"同样是收获的形象 / 没有银杏那么老谋深算 / 春生秋叶 / 我化作风铃来报春 / 人生走过了一条对角线"（《我化作风铃来报春》）——这是他的"对角线"。

"越过抛物线一样的顶点 / 眼皮被地心力往下拉 / 只希望平

稳着陆／停靠在终点站／和大地／混为一谈"（《我沿着岁月的航线单向飞行》）——这是他的"抛物线"。

最先写诗的是巫师。所以，巫师是诗人的来处，不是诗的来处。

## 诗从诗艺来

诗艺是作诗的方法。没有诗艺，是无法将非诗的题材筛淘、演绎、点化为诗的。诗是一门特殊的知识，是不可学的一头怪物。但诗艺可以学，每一位诗人或多或少接受过诗学的入门教育，实操过反复涂鸦的诗写练习。

"蒹葭还未苍苍／白露已变节做霜"（《被摁在碗里的魂灵》）。"曾经的在水一方／已经不再是远方／伊人／就在耳旁"（《起舞的蒹葭》）。读孜格的诗，我能看见由他的中文系专业加持的古典诗词修养。同时，更能在诗行缝隙透出的辉光中，看见余光中、顾城、梁平，以及美国意象派诗人埃兹拉·庞德的影子。

他明显受过多人的影响，属于集众家所长，取自我之道谱系。"庞德站在你面前／说／'人群中这些面孔幽灵般显现／湿漉漉的黑枝条上朵朵花瓣'／你却回答／不／人群中众多受到雅典娜殷勤的接见／笑靥丛中绽开的花瓣"。从这首成诗于1992年的《图书馆门前的对话》看出，他早期从庞德处获得过一闪而过的雷声与闪电，并让朦胧意象以疏离的点状诗意，在《弹钢琴》中作过断崖式跳动布局。我们还可以将《过年》《电话》《关于母亲的画面》看作是对余光中《乡愁》的致敬；将《黑白照片》视作是对顾城的示好；而近几年的诗歌，又有了梁平"中年变法"后那种化繁为简、举重若轻、无为而无不为的圆润与驾轻就熟。

技多不压身，艺高人胆大。没错，孜格承续的技艺，不是

太阳云与绿皮火车

某个人，而是一道集束：一种伟大的诗歌传统。

英国诗人Ｔ·Ｓ·艾略特在《传统与个人才能》中指出：
"我们研究一个诗人，撇开了他的偏见，我们却常常会看出：
他的作品，不仅最好的部分，就是最个人的部分也是他前辈诗
人最有力地表明他们的不朽的地方。我并非指容易接受影响的
青年时期，乃指完全成熟的时期。"

事实上，这个传统，已让孜格的诗，有了自己的个人化风
貌和一定程度上的辨识度——在传统的脉向与管径中。

## 诗从解构来

庖丁解牛这个成语说明，解是一门手艺，内中学问不可谓
不大。你是主体，你要写的对象是客体，你用词去观摩、描述、
呈现、复活你的物（对象、客体），你最终能将词与物的距离
缩小到什么程度——针对这一切，不同的艺术家有不同的解决
方案与落地手段，其中一种，谓之解构。

操持解构手艺的人，必须具有眼观六路、耳听八方、胸有
伏兵百万的自信、通泰、识见、睿智和实力，否则就成了盲人
摸象、顾此失彼、捉襟见肘引发的幼稚与难堪，徒增巨婴笑料
耳。一句话，解构需要大格局、高水平，而大格局、高水平又
是由艺术家的教养和人生阅历互媾出来的。

孜格，重庆长江三峡人，山村长大。诗人石天河是其诗歌
启蒙老师。毕业于重庆文理学院中文系，后又成为四川大学公
共管理硕士。当过职业教师，现从事公共行政管理。一份这样
的档案，是具备了加入解构主义行业的条件的。

入了门槛，我们来看看他的解构文本。解构眉州苏东坡：
"东坡居士／就是这样有才气／琴棋书画／样样都拿下／小镇青
年／成了北宋的学霸／／王安石来变法／乌台诗案遭了惩罚／黄州
惠州儋州／几多离愁／从北向南／一直抛甩到天涯"（《斜杠男

201

神苏东坡》）。解构大地上的树："努力站直了／保持树的尊严／躺平了／就变成了木材"（《树》）。解构成都的猛追湾："听说成都到华阳要县过县／／嘴上说着为梦想生活／美食美景美女才是人间清醒"（《猛追湾》）。解构龙泉山西麓的黄龙溪："三县衙门／据说是最早的共享经济／联合办公／请历史不要装作不认识"（《黄龙溪》）。"历史就像一只小花猫／慵懒地躺在博物馆"（《历史就像一只小花猫》）。

"解构"，或译为"结构分解"，其概念源于海德格尔《存在与时间》中的"deconstruction"一词，原意为分解、消解、拆解、揭示等。解构主义者、法国哲学家德里达，在此基础上补充了消除、反积淀、问题化等词意。西方"解构"一词，由钱钟书先生翻译引入。"解构"一词也曾出现在我国古书上，《后汉书·隗嚣传》载："自今以后，手书相闻，勿用傍人解构之言。"

解构在诗歌中的运用，多以口语、幽默、化用、反弹琵琶等面目现身，将貌似高深、复杂的问题作一剑封喉般的快捷、简单化处理，向大众还原事物的本相。

## 诗从言志来

为什么写诗，诗写来干啥，诗有何用？诗有无用之用——这个回答正确而精准，惜只可意会，不可言传——除了举例、比喻，无法进一步往下走，一层层展开。所以，古人使用三个字作了回答：诗言志。并有意无意让大家伙儿对"诗言志"中的"志"，作出各有侧重、不尽一致的阐释。

"诗言志"在《尧典》里，谓"诗是言诗人之志的"。此处的"志"偏重思想、抱负、志向方面。从汉代始，大家对"志"取得了一致的看法。《毛诗序》云："诗者，志之所之也，在心为志，发言为诗，情动于中而形于言。"在这里，

"志"的半壁河山，已还给了"情"。所以，所谓"诗言志"，即指诗是言说人的思想情感的，是诗人心灵表情的诗意表现。

按上述说法，孜格的诗，无一例外，皆为"言志"——这，一点不错。而我在此节考察的"志"，专指孜格诗中占比颇丰的狭义的"志"。

"梦想是一台光刻机／卑微尘埃的光／也能被镌刻成星辰大海"（《萤火虫》）。"我喜欢太阳的每一个时刻／因为有光／／比如人生／活着就好"（《太阳》）。"我不管风朝哪儿吹／只努力捡起掉了一地的影子"（《风是情绪的影子》）。"用心抓住穿过黑暗风暴的那一束光线吧／终究会次第花开／花开见佛"（《次第花开》）。"天地间／都在位移／人世间／还在穿梭"（《城市车流》）。"我干脆就化为一阵风／摇曳在云端／或者深藏在地下／我就是风／过了就过了／天地间都找不到／一丝丝痕迹"（《像风那样去旅行》）。"五花大绑的／只能是沉默／／那些被摁在碗里的魂灵／亦步亦趋／去讨寻一个／活下来的洞口"（《被摁在碗里的魂灵》）。《草间的风》，是作者借风言草，借草言志：

　　草在编织她的美梦
　　风在穿越草的梦

　　草在拼命挽留风
　　风在决绝地逃离草

　　年少的我们
　　想变身为风
　　一不小心
　　化为草的执着

203

多年以后
纵然大风拂过
也难得东吹西倒

读《太阳云与绿皮火车》，你会发现，里面的"志"，俯拾皆是，且都长得像金句，大有励志十足、真理十足的范儿——这难道是作者"传道、授业、解惑"经历被诗化后不吐不快的惯性成像？

## 诗从远方来

我认为，如果说好的诗有一个标准，那这个标准就是，一首诗不是一首诗，而是二首甚至多首——明面一首，里面一首或多首。如果说诗有颜色，她一定是雾的颜色。如果说诗有形状，她一定是美人犹抱琵琶半掩面，一定是"去年今日此门中，人面桃花相映红"。

一句话，诗在远方，远方有诗。

人只有站得远些、更远些，才能让自己的视阈变得更宽广，景深变得更深长，才能拥有更大体量的太阳云的原矿，也才能让漫长的光阴进来提纯、淬炼，并过滤掉梦幻、变迁、多余以及非美学范畴的分行话术。

孜格深谙其道。于是乎，打开书，那么多远方，就来了——那些有关回忆、乡愁、青春、爱情和梦想的风景与过往。

"睹乔木而思故家，考文献而爱旧邦。"（张元济《印行四部丛刊启》）遥望故家，他写了这样的句子："众多亲人已经上路 / 老屋还在独自断后"（《老屋老得让人心疼》）。隔空产生距离，距离产生美，而诗就是美："你看见树尖 / 指向着某一个人 / 我的相思 / 只能深深地埋在地下 / 等待着发芽"（《距离》）；"心跳得那么快 / 爱人的生命线快要拉直 / 你在那边等

太阳云与绿皮火车

我 / 我们隔空相思"(《心跳得那么快》）。生命本身也可论短长的："想一想生命的长度 / 人生也算立了秋 / 是收获的季节了吗 / 能够打捞的 / 好像一无所有 / 权且与岁月同频共振 / 由炽热到冷却"(《人生也算立了秋》）。《唐朝雪》《白鹿上书院》《时光是一台粗糙的压路机》《倒带》《那时的笑意》……还有他的"想系列"诗，《想山东》《想云阳》《想西安》《想阆中》等。远方太多，不赘。

其实，远方与诗的关系，作者已以他的常用组合"诗与远方"告知了我们——二者共进共退，同呼同吸。他说，《我们都是彼此的诗与远方》；他说，《心中有梦皆是远方》。

最后，我想谈一下书名《太阳云与绿皮火车》。

如果维度由上、下构成，作者的上就是太阳云，下就是绿皮火车。如果生活由理想和现实构成，作者的理想就是太阳云，现实就是绿皮火车。如果世界由自然和人文构成，作者的自然就是太阳云，人文就是绿皮火车。

这样的构成，是可以完美覆盖全书的。在此，我们来看看孜格自己是如何施用形而上、形而下哲学思想处理二者关系的：

《岁月的绿皮火车驶过心头》："太阳花 / 也会瞥见你长长的睫毛 // 不如望着窗外 / 闭上眼 // 只要栀子花的幽香弥漫枝头 / 岁月的绿皮火车就驶过了心头"。

《我不知道风朝什么方向》："卷平的世界 / 我感受不到风的方向 // 太阳光在上面 / 雨水从天而降 / 即使雷电 / 也来自天上 // 我的眼睛也在上 / 脚踩实沉的大地 / 内心为何时常慌张 // 我不知道风朝什么方向 // 也许最稳妥的办法 / 看一看天空的模样"。

《满头青丝只是我常披的外衣》："满头青丝只是我常披的外衣 / 夜深人静 / 我独自拥抱自己 / 早生华发"。

《文学院》："每天清晨 / 我跑步去见巴金 / 摸一摸胸口 / 今天，我有没有说真话 // 傍晚 / 我在郭沫若家散步 / 看一看 / 天上的街市"。

孜格是位诚实的诗人，我在他的诗中读到了那种由理想很丰满、现实很骨感引伸的理性判断与独立思考。

孜孜以求，格物致知，此或为作者命名术的缘起与底因。"我喜欢这似醉非醉的感觉／享受春夏之交的温热／以及／中庸之道的喜悦"（《五月致鲜花》）。"小满时节／我把中庸沉入杯底，敬孔子／／满而不盈，哀而不伤"（《小满，刚刚合适》）。或许，"穷则独善其身，达则兼济天下"的儒家，以及儒家的中庸，正是孜格《太阳云与绿皮火车》五条诗歌线路的拓荒者与捆绑人？

2024年1月29日—2月1日

（凸凹，本名魏平。诗人、小说家、编剧。成都市作家协会副主席。著有《大三线》《甑子场》《汤汤水命》《安生》《蚯蚓之舞》《水房子》《怀揣手艺的人》诸书20余种。获有杨升庵文学奖、刘伯温诗歌奖、冰心散文奖、四川文学奖、中国长诗奖、川观文学奖等奖项，中国2018"名人堂·年度十大诗人"、2019"名人堂·年度十大作家"等荣誉。现居成都龙泉山下。）

太阳云与绿皮火车